美丽肥西之——

时代颂歌

赵宏兴　张建春　主编

中国书籍出版社
China Book Press

图书在版编目（CIP）数据

时代颂歌 / 赵宏兴, 张建春主编. — 北京：中国书籍出版社, 2017.2
ISBN 978-7-5068-6029-1

Ⅰ.①时… Ⅱ.①赵… ②张… Ⅲ.①诗集—中国—当代 Ⅳ.① I217.1

中国版本图书馆 CIP 数据核字 (2017) 第 021665 号

时代颂歌

赵宏兴　张建春　主编

图书策划	牛　超　崔付建
责任编辑	牛　超
责任印制	孙马飞　马　芝
出版发行	中国书籍出版社
地　　址	北京市丰台区三路居路 97 号（邮编：100073）
电　　话	（010）52257143（总编室）（010）52257140（发行部）
电子邮箱	eo@chinabp.com.cn
经　　销	全国新华书店
印　　刷	三河市华东印刷有限公司
开　　本	650 毫米 × 940 毫米　1/16
字　　数	300 千字
印　　张	17.25
版　　次	2017 年 4 月第 1 版　2017 年 4 月第 1 次印刷
书　　号	ISBN 978-7-5068-6029-1
定　　价	52.00 元

版权所有　翻印必究

目录

诗歌卷

张建春　岭上词典 …………………………… 002

武　稚　致肥西（组诗） ……………………… 011

宇　轩　西庐寺偶遇（外一首） ……………… 016

吴少东　雪限（组诗） ………………………… 018

西　边　西庐寺二首 …………………………… 023

王征桦　紫蓬山（组诗） ……………………… 026

杨　芳　穿越三河的烟云 ……………………… 029

鲁绪刚　邂逅肥西（外一首） ………………… 032

向　迅　肥西，我要赞美你（外一首） ……… 034

李圣涛　大堰湾的桨声（外一首） …………… 037

许　星　诗意肥西（二首） …………………… 040

刘星元　肥西草木篇（外一首） ……………… 043

杜兴化	过三河古镇（外一首）	046
马云飞	肥西的黄昏（外一首）	053
冯金彦	三河古镇的读书笔记	056
潘飞玉	古埂岗（外一首）	060
刘朝清	画里三河入梦摇	064
纯　子	秋登紫蓬山	066
金　彪	三河古镇行	068
汪　抒	紫蓬山上的麻栎树	070
闻　桑	肥西的诗意猜想	072
孙启放	三河古镇（二首）	075
吴　辰	聚星湖暮色（外一首）	078
聂振生	清幽紫蓬山（外一首）	080
江　耶	古镇的墙砖	082
朱家勇	白　鹤	084
朝　歌	写给三河	085
贞　子	草莓，草莓（外一首）	087
李庆高	致肥西（外一首）	090
杨　勇	三河古镇，我与你隔窗相望	092
王　华	在紫蓬山下	094
心文花雨	爱上三河镇	096

乌有其仁格	三河古镇抒情………………………………	097
墨　菊	肥西书……………………………………	099
苏美晴	古镇风情，大美肥西………………………	100
若　水	你若来……………………………………	102
赵永林	时光里的三河古镇（外一首）……………	104
王志彦	肥西之韵…………………………………	107
水　子	紫蓬山的雾………………………………	109
胡云昌	写意三河古镇……………………………	111
谢　耘	三河印象…………………………………	114
黄其海	古镇三河…………………………………	116
英　歌	肥西的吟与唱……………………………	118
龚远峰	肥西印象…………………………………	120
梦　阳	阅读大雁湖………………………………	122
高文献	第四条河流………………………………	124
孟甲龙	肥西，镌刻于神韵的明珠………………	126
冯秀兰	西庐寺感怀………………………………	128
丁　莹	美哉，肥西………………………………	130
方　圣	庐剧的天空下……………………………	132
高岳山	秀美三河…………………………………	134
翟营文	肥西的天空………………………………	136

李慧慧	那一年	137
方　刚	在三河古镇（外一首）	139
许军展	肥西这样爱	141
震　杳	三座桥	144
王兴伟	一滴水	145
黄树新	摆渡肥西	147
唐　龙	肥西的记忆	150
周孟杰	三河古镇	152
贾幸田	望湖楼上	154
张　炯	不变的年味	155
倪世正	我和三河有个约会	157
林凤华	在三河古镇	160
孙建伟	沉睡在古埂村庄的月光	162
白春好	走进三河	164
王庆绪	重读三河	166
王　琼	古埂岗的春天	168
伍远朋	肥西，聆听大地最美的轻音	171
邓泽良	小桥流水	173
贺建新	古埂遗址	175
徽风铃	我多想在这里安个家	177

赖杨刚	家住紫蓬山	179
周太潮	哦 凤落的小巷	181
孟令荣	绣	184
陈伟松	那一眼，肥西的容颜	187

散文诗卷

张玉明	在肥西，我所有的爱都在蔓延（外一首）	190
林 丽	风雅肥西	193
张 恒	古典抒情	197
温勇智	颂词：肥西	198
杨从彪	紫蓬山写意	201
钟志红	肥西四季	204
陆 承	向老天借一个词	208
解红光	丰乐篇	210
张贵彬	印象肥西（外一首）	213
何军雄	一场流星雨	215
胡庆军	肥西走笔	218
张 威	古镇里的咏叹调	220
唐海林	肥西之恋	223

微型诗卷

孙启放	三河三题	228
王永华	大美肥西（外一首）	230
梁　悦	三河古镇（外一首）	231
谭清友	三河古镇（外一首）	232
黄战果	喝巢湖水长大的小姑娘	233
李　青	三河南街	234
汪慧婷	旧　情	235
李宏天	巢　湖	236
刘伯生	南岗油菜花（外一首）	237
邹黎明	一人巷	238
刘升华	紫蓬山	239
程东斌	刘铭传故居（外一首）	240
周孟杰	三河恋歌	241
曾竹花	大雁湖（外一首）	242
胡云昌	白云寺	243
杨晓光	小团山香草农庄	244
李汉超	肥西的珍珠（三首）	245
何铜陵	三河米饺（外一首）	247

吴常青	小井庄（组诗）……………………………	248
吴先锋	小团山之恋…………………………………	250
钟志红	书法丰乐河…………………………………	251
鹿伦琼	在肥西（组诗）……………………………	252
郝子华	走读肥西（三首）…………………………	254
赵永林	圩　堡………………………………………	256
吴基军	三岗（外一首）……………………………	257
张亚林	三河古镇（组诗）…………………………	258
顾胜利	肥西辞（组诗）……………………………	260
孙淑娥	刘铭传故居（外一首）……………………	262
闫宏伟	三河古镇的爱恋（外一首）………………	263
海　心	故土难离（外一首）………………………	264

诗歌卷

岭上词典

张建春

红　枫

请用文字的光芒熨平这些
掐一段时光为泥，种下它们
乡愁的底色，燃在血管里

那个叫枫的孩子，背着书包
走出奶奶的目光
叶子红了，健硕的男人娶妻生子

摘朵花夹进诗集，写句话
寄给远方的亲人。岭脊大风
缀上百家语言
佳木有胆
把火捧在掌上

海　棠

四月初做一场善事，撒花如雨
浇在树根下

蚂蚁搬运，搬一台锣鼓喧天的盛事
水袖甩起来，好女子举眉齐案
兰花指弹出娇喘
家无南墙
也栽出一树好花
红杏探头，月色接过了去

海棠有丝，结下茧子
飞出的蝴蝶还是花

晚　樱

向晚天晴，樱铺出云霞
树梢抖落
筛下一组彩色的皮屑

来世遥远，去路艰难
做一朵花容易，千万朵抱团
姐妹般相互梳妆

谁是谁的新娘,可能一句话说清

月升起时,白狐穿梭
这万年的仙妖,牵朵晚樱
奔跑岭地,它的美人
藏在一枚蜂的翅膀上

玉 兰

笔或者杯盏,轻触岭地
一袭款款而至的来龙去脉
醉已是常态,随风摇摆

邀太阳落杯为酒,申明
颜料的走向,不仅是琥珀的专属
沾一粒佳木品相
醉依然是绿的事情

笔触有月,点在远处窗口悄悄话上
邻家女子小名,滋润嗓音
喊上一声,脆脆的应答
原是笔尖开花,花的张合

湿 地

岭上湿地，团上一条小鱼
就不放逐，留下过日子
做生儿育女的媳妇

水是从花朵和彩叶上挤下的
好闻、清爽，躺下了
也开花结果，生死于传说中

泥坚硬，在根的拱动里快乐
大雁留音，一枚卵是记号
是它的飞翔小小的失忆
岭线曲折
一汪水搁浅，摆渡的船东去

蒲公英

低于尘埃，再飞上天空
是种子对前任种子最好的交待

岭上多草，蒲公英浪漫
喜欢清心口气、妙龄女子红唇
热恋中小风吹动发梢

以为是爱着的人悄悄传送

一粒蜂装填黄花，接住
海棠花酌情的凋落，花上缀花
蜂清醒，蜜的源头紧贴地生活
小雨酥软
杯盏盛不下了，再转给泥土

栈　道

岭上路多，循水声铺设
栈道用木的质朴
指出路的多舛
有一条直达心腹

观花踏木，眼和脚同时步入林地
打转的年轮
切削出风样的薄片
早渗进湿地里鱼的细鳞

传说浮起小路，纹理清朗
浅显的水描出沉稳的影子
梅花独放，香在手指间捻动
岭的身子沉下去，千万朵花遥相呼应

诗人林

以诗的名义,相约叶的红艳
插手指为歌,唱一曲日出日落

诗歌和树,同在一坨泥里生活
青青草驮花开花落,驮一棵树如诗人
红枫林歇鸟啾啁,诗在之中
可曾被啼鸣冲散
字字露珠
标点为一场花事

枫叶唱晚,林地寂然
栽诗为树,把树扛回书桌
扎下根又成诗人

官 亭

文官下轿,武官下马
路只一条车辙
灌满风雨交加的传说
但也干旱

自然而然的事就是站下

看一扇窗户,安在空洞的房子上
吊尘风干,远来的燕子呢喃干涸

岭上终究起水,花千谷把花当谷子
撒了一地。起苔的树约会禾苗
咬碎水,点在芬芳上
连绵绿色倒是一次停下的理由

黄花墩

秒针声音跌碎
墩子就降一寸,身高
和泥土平齐了
低处根在疯长
狼烟报过穷寇
打马飞奔
人丁一哨
败于土里烽火

何首乌选中地方
埋葬无言古意
瓦砾锋利,挖遗忘
又切开藤的骨头
野杏早熟,酸为
一条羊肠小道
走上,就不指望回头

墩里有事,闭紧的门敲不开

稻围墩长,开黄花
竟不在秋天里

薰衣草

邻家姑娘揪把草
薰衣一笼
白狐衔花
递给天边月
蓝花朵朵晒太阳
在晚间招蜂惹蝶

隔壁小伙子多事
闻香起舞
一把剑割风走雨
狐独自叹喟
花棵里,月光梳叶
躲千年邀约

薰衣草还一地平静
铺上目光
就有一夜好梦
狐在花中,如一匹蜂入睡

老　井

坐地生水，流出古语
老井深处
蛙的叫声捂成蝌蚪

树根找寻
家，就在井的边上
青砖透水透亮
听不清月的家长里短

传信给土
守住井，喊上一嗓子
回音传来
散散的，还是方言
老井水无色，解渴

致肥西(组诗)

武 稚

三河老街

请把老街的红灯笼挂起来
请把老街的木格窗子打开

老街的巷子里
拥挤着游人欣喜的眼睛
老街的青石板
踏出新时代的风彩

有人到这里
是为了寻找祖先的名号
有人到这里
是为了卸下一身的繁芜

河水里摇过的小舟

承载着欢歌笑语
马头墙上的天空
飞翔着新的航程

老街的米酒 米饺
突破围墙 巷子
飘香在无边的旷野
老街的羽毛扇
摇着往日的温馨
也摇着世代的深情

历史是怎样的一副面孔
这中间需要慢慢地等

老街活成了民间版本
它被临摹得越来鲜艳夺目

肥西的山

紫蓬山、圆通山、周公山、大潜山……
它们从大地的深处拥出来
它们的身子里
潜伏着另外一种奔腾

风吹叶生 风吹草生 风吹虫生
出生的消息　总是随风传来
风把它们的一生 都梳理得清楚干净

飞鸟展翅 它们飞翔在每一座山峰之上
这凭空杜撰出来的精灵
它们总是一半疾驰 一半回归

山峰之上的天空
谁在紫气深处隐藏
谁又像一座禅宗 坐高远望

这里是旷野 也是狂野
进山的人呀 低声请求
请给我一个不合理的位置吧
请让我和它们一样主宰自己 自由抒情

请让我和它们一样 不断地调整姿势
平心静气
并且不动声色地向上向上

山一定明白我的意思
山有过高低 远近
但一定不会有亲疏 贵贱之分

苗木之乡

那些花在天庭里酿蜜
在我的心间流淌

那些花隐藏了一冬的秘密
在一个春天里全部绽放

飞来飞去的蝴蝶
翅膀里背负着山盟海誓

等不及嫁妆的女子
在花海里沐浴着
阳光撒下
慌乱得没处躲藏

倾下的万千甜蜜
醉了采风的诗人
如火般的花朵
映红了乡亲的脸庞

三河与五河

"五河——五河——"
让我站在故乡喊

我的故乡是五河
五条河的大水在大平原上
是五根琴弦
弹出我的童年
我们和妈妈走在买粮的路上

弹出我的青春
那些青葱般的岁月匆匆而逝
如今我是游子
胸中长满了惆怅

"三河——三河——"
让我站在石拱桥上喊

他和我的故乡
有着相同的名字和血缘
三条河的大水
在南方的天空下浩荡
马头墙、青石板和两岸茂盛的庄稼
都在清澈的水面上
倒映出我的梦境
让我流连往返

"三河——五河——"
我一遍遍地呼喊着他们的名字

我看见,长长的河流
是他们长长的手臂
他们相会在大海,欢呼拥抱
我闻见,他们在我的诗歌中
散发着泥土的味道
像酒一样浓烈、芬芳

西庐寺偶遇（外一首）

宇　轩

当你聪明般醒悟——
一团雾汽笼罩山中栎树参天。
实则喜鹊欢枝，有人猜它灰的白的。
在这棉花糖似的即景之中
西庐寺已经年轻许多年。
想到你有不可估摸的勇气与精神。
想到："你在隐喻的世界里
几乎混不下去了"。

春　景

等到春风斩获墙头。
有人驱牛驾犁翻动坂田，为即将到来的春耕生活
腾出场地。
纵使去年梨树与梨
有恩泽，有辜负。已然梨花带雨，又是一年。
桃红柳绿。

草窝里孵出小鸡半月余,黄绒绒。
喂它白米粒,清水碟。

雪限（组诗）

吴少东

雪 限

那晚踏雪归，想到林教头。
将花枪和葫芦放在雪里。一匹马
在五内奋蹄，想撞开铁幕

三天后，雪开始消融。
一张宣纸透出墨点，透出
大地的原味。丛林从积雪中
露出许多鼻孔。退潮时的泡沫
不断积聚，不断破灭，重现湖水的黑暗
岛屿露出水面
麦苗和油菜周遭留白，其实都是
残雪。美人的手臂与锁骨
那么冷艳，那么凉白

心中的山神庙与心中的梁山
相距不远，只在灰烬两端。
风雪夜，一场大火就能将其
连成一片。
香樟的叶子倾覆，不时雪崩
将粉碎的雪滑入我的脖领。
榆树枝横斜，筑细长的雪脊
给我与这世界画一条界限

夏　至

我们将以两种方式
度过今天
分明的光景。

白昼狭长，夜色短阔
你的选择可以次第展开。
但这并不能阻止
塔的尖刺收集
最长的蝉鸣和
我们胸前闪电般的清辉。
这一天的喧响
有着明显的界限

许多年了，
在我们抵达

隐秘的弧线之前
有着种种预见的可能。
这一天
有着忽明忽暗的誓言。
一滴最先落下的水,会漫过
北方的斜坡,
干涸的石头会
传出烧焦的涛音。风
会吹翻树叶的光亮
骰子般的星空,会布排
多年未见的残局。
这一天,
顺着打满苦结的井绳,我们找着
悲欣交加的呼吸

这一天啊,
暮色未合
暮色四合,
紊乱的钟声,对抗
徘徊的光芒

流 淌

我常于河边观望
初冬正发生变化。
稀疏。明晰。无须

太久的转换，冬天
一开始就充满自信

在浩大的晨曦里
早醒的空气
让我羞赧。我曾想
拂去扇面上的积雪
浪费的分分秒秒，
慰藉昨夜和你。
这是多么荒谬的设想啊
让一个春天
没有支流，让一座
蓬勃的花园没有
分岔的路径

我描绘河的流淌
随性的阳光，
"如雪花的繁星
飞翔在我们的头顶"
但你的呼吸
使寒冷有了形状。就像
河水拍击堤岸，
咬噬制约与维护
试图违背秋天的赠与

我发现 初冬

正从河的两端上升，
将我的喉咙挽起
如某人扬起的嘴角
停顿不可知的汉字。
这摄人心魄的翅膀，
曾让十一月
有着宽余的晴空，
让我误以为
春天有两个

西庐寺二首

西 边

它们也落在昨夜的积水上

在寺院开阔的平台，俯视
低处三三两两的人
和三三两两的落叶
色彩丰富交错
这些四面包围我的群山与众树

人群鸟一样聚集而来
又沿一层一层台阶向四围飞走
那些放生池里清晨的涟漪
我恍见僧侣们清晨诵经
小沙弥执扫帚目不斜视，清理落叶
一阵风吹来
又一次安静地聚集更多的叶子

落叶并无规则
甚至无关于时间的秘密
却隐蔽的更加深刻
它们也落在昨夜的积水上
和积水中的我以及树木的身影重合

我渐渐忘记身处之地
只不断从内心的积水中
浮现一道身影

西庐寺的鸟声

我多次进入深远的山地
一意追寻的
往往只是几只闪电样的鸟
它们在枝头和空谷留下自身的幻影

从平坦的山道下车
步行前往薄雾里的西庐寺
落叶安静
熟睡得像根根明亮的银针。
熟睡的还有青苔
向四周散发
深邃悠长的绿意
我放慢脚步
不忍惊扰一切美好的事物

它们总在
不断丰富我内心难言的喜悦

人群最后的我
忽然再度听见鸟声
一句，两句
无数宛转悠扬的方言
明亮起来。
灰羽长尾的鸟扑拉拉飞过头顶
接着，又一只，两只
天空一瞬间，被羽毛与翅膀的风
柔软地铺满

缓慢靠近西庐寺
靠近那些恒久的安静之物
可是
我能看到
那些事物在时间里的单薄脆弱

我宁愿留在山道
成为群飞中的一只野鸟
而不必在他们的镜头里定格停滞
甚至不声不响
每天只是一起愉悦地飞

紫蓬山（组诗）

王征桦

之一：坡度

山的坡度一如我内心的坡度
在阳光中缓慢地爬升。
禅在山顶，云在天空，石头在山坡打坐。
有时，攀登真是一种幸福
浅浅的酸，浅浅的痛，
还有一览众山的——小追求。
再往上吧，
请不要辜负了沙沙的树叶
它们正在虔诚地诵读风送来的经文。
人在高处，蓝天
就会用它的衣袖为他掸去尘埃。
再往上吧，
紫蓬张开，山光水色都收入囊中
寂静从云朵上掉了下来。

我临渊远眺
手中的词语，纷纷在掌心里陷落。

之二：西庐寺

冬天进入大地深处的时候，
春天正从遥远的云端里跑来。
季节总是反反复复
永恒的是被经文点亮的心灵。
哦，西庐寺，
汉唐的紫气，曾经被谁人接引，
又是谁认领了失散的流云？
丹墀和重檐，琉璃和彩绘
匠心把美学据为己有，而暗红的题匾，
就地收拢着紫气和霞霓。
银杏生长在暮鼓晨钟里
梵音让一棵树摆脱了年轮的纠缠。
哦，西庐寺，
我在殿前台阶上坐下，诗歌的露珠
滚过阶下的草尖。
反反复复的季节里，我的心是虚幻的，
像低矮的草——荣荣枯枯。

之三：鸟鸣

是谁，双手捧起灿烂的散句

这是紫蓬山的最高处，
鸟鸣是一根根金线，
将这些散句绣上了枯寂的枝头。
等暖风吹来时，
那么多的想象渐渐地丰腴起来。
孔雀松，它绚丽的羽毛让它
成为众鸟之王。
紫蓬山也因王者之风引来百鸟齐鸣。
鸟鸣声中，织绣铺向大地。
呵，春天——
因为鸟鸣，你的到来
才如同预言般精确。
你难道就是它们一夜间织就的画图？
请对我说出你的来处，
请对我说出——
鲜艳织绣展开的那一刻
大地的悲欣交集和我心底的念想。

穿越三河的烟云

杨 芳

离开尘世的喧嚣
飞转的轮轴似乎多了一些坚定
急促的风从车窗跋涉而来
80马力的速度
正穿越一条直线　一座城池
尘土飞扬　路途颠簸
那些纷纷的落叶以及南飞的雁鸣落在后面
踏水而来的是越来越来近的气息

飞檐翘角、马头墙还原一座城的原真
但我依稀听见那一场呼啸而来的水声
在城楼上空汹涌盘旋
锈蚀的斑驳　青苔的苍古　遗落的珠玑
如遒劲的行草
把千年古镇写进颤抖的灵魂
小南河的水到底还是清了细了
怀抱里濯洗出一个少女的靓丽

一个汉子的刚毅架构

古城墙那一铜大炮早已酣然睡去
硝烟弥漫　刀枪剑戈　马蹄声呼啸而走
三河大捷的炮声击溃六千湘军
慰藉英勇的魂灵
轻触古城，再次跌进历史的烟云

如果夏季不曾令你惊喜
那么哪个节令让你怀一份心思？
于是，在嫣红的深秋
阳光的午后
足迹寻觅而来
捡拾鹊渚廊桥水天一色的风情
还有摇橹声么？
风声　水声　市声入耳
搁浅的是船的身体
摇来了商贾云集　繁华鼎沸
小月梗上拉拉拽拽　寸步不分
望月桥顾盼的眼神
如正在打捞十五晚上那一轮
细碎的月光

沿着阡陌巷道
心灵的灯盏有了频频的燃烧
此刻，若抿一口三河美酒

一定醉在响亮的"三河八古"里
滑亮的青石
映照历史和现实
今秋走过
注定刻下 一串串履痕的呓语
品她读她

邂逅肥西（外一首）

鲁绪刚

一场春风，一场雨
肥西是皖江大地一部厚重的史书，字字有力
把时间深处的梦，从内心叫醒

自我圆满，又敞开；波澜不惊，又光芒盈盈
这里的一砖一瓦，江河道路，方言和笑声
掸净我身上的尘土，补给我生命的体温
只管将匆忙的脚步放下，只管让轻风
吹干我灵魂潮湿的部分
不去想捉摸不定的未知是否来临

不言乡愁，不道哀肠，不说孤寂
也不会去追问兴衰，生或者死
在纯与净的柔光中，在爱与美的召唤里
巢湖明珠，花木之乡，历史的厚重和传承
让我沉浸在幸福、温暖、安宁、芬芳里
我和肥西一见如故，却相爱一生

走进紫蓬山

这个春天,我试图成为紫蓬山上的一棵树
依山而居,靠黄土养活、繁衍
我喜欢这样简单,直接,踏实地活着
即使倒下,也是大地上的一把泥土

我带给紫蓬山的也许是伤害
它们依然愉快地接纳了我
这里的寺庙,一草一木见证了人类的忧伤
和灾难。从我贴着树杆的地方
我能感到它一直在轻抚我,支撑我,我能感到
有一种暖流流遍了全身

这里的山峰和草木一个挨着一个
一个不离开另一个,同时间撕杀,搏斗
它们知道自己的弱点,所以波澜不惊
所以安静,容忍,坚持了一生
我很想和它们说说话,不是因为对生活的厌倦
不是因为现实和理想的距离
我抬起头,看见一片叶子落下
仿佛一下子提起了我内心委屈,忧怨
一个人的生命对于石头和树木是那么的短暂
离开肥西,离开紫蓬山
它们就像我的某位亲人,让我一生挂念

肥西,我要赞美你(外一首)

向迅(土家族)

夜那么深了,无数盏灯火还像眼睛一样亮着
安静下来的马路还未睡去
它们似是还在等待一场即将上演的好戏

站在窗前,我把钴蓝色的天空
看成白日里动荡不已的巢湖
只不过此时此刻,阳光下鱼群的尖叫声
已变成满天星斗
它们让我想起春天的花园
少女锁在日记本里的秘密

一个县城的轮廓,在这个秋日的夜晚
就像一盘越下越活的棋
在我的脑海里逐渐清晰
那些高楼大厦,笔直的道路
像是我们在生活中必须坚守的部分
而临湖的公园

又像是我们内心最柔软的那个部分

我忍不住要赞美——
赞美你的星辰就像赞美自由
赞美这个安静如斯的夜晚
就像赞美被我挂在记忆里的一幅画
只不过此时此刻,一个县城的前世今生
就被我挂在窗户上

雨中游紫蓬山

那么大的风,也没能将紫蓬山吹起来
那么大的雨,也没能将紫蓬山赶走
树还在继续生长
花还在继续盛开
一条条曲径,还在继续向草木深处爬行
只有雷声到来之时,只有闪电划亮雨幕时
它们才静止那么一会儿

从山脚爬到山巅,其实也就是一阵雨的时间
可是我怎么感觉走完了长长的一生
那些自雨雾中斜逸而出的飞檐翘角
多像是历史故意露出的蛛丝马迹
我没有遇见一个僧人
可我听见了响彻肺腑的钟声

那么大的风,也没能将我吹起来
那么大的雨,也没能将我赶下山
我身体里的树在继续生长
我身体里的花在继续盛开
我身体里的曲径,还在继续向草木深处爬行
只有雷声到来之时,只有闪电划亮雨幕时
它们才静止那么一会儿

这一日的山中,除了我和隐身的僧人
再也没有看见第二个游人
他们或许早早地下了山
或许上山了,就再也没有下来

大堰湾的桨声(外一首)

李圣涛

繁华的高洲,掩卷千年
清朝的碎落或佚失,和这里砖层、垛口息息相通
"三河大捷"的平仄、抑扬
在潮起潮落中,起伏跌宕。历史掬起或扬洒
都与水有关,舱壁覆盖了翠细如丝的青苔
必须静下心来,寻觅白驹过隙的轨迹

一湾水韵梳妆的芦苇,摇摆
太平天国兵戈铁马的积淀,使大堰湾不断抬高
层层叠叠,湍急喷涌。
幽雅的境界和源远流长的景致
融为一体。堆砌成璀璨的水珠
大堰湾一滴水韵,从淮军盔甲中渗透
豪迈、澄澈、深邃……
在丘陵、沟谷和坡角里席卷污浊
积蓄扇形的雄厚。山南、官亭、董岗……拔节吐穗
融聚的火种,焚烧腐朽

淝水之南,滨巢湖西岸的胸怀
足可以,停泊五湖四海的船
——杨柳成荫,肥西的巢湖银鱼、白米虾、羽毛扇……
临窗,轻叙老街巷的方言
远方一群雪雁,掠起一串串情歌涟漪
无需泼墨,一滴水韵已经撩拨
古埂岗沉睡的勾栏、酒楼、茶肆、当铺、御街……
或低吟,或高亢的人生百态

大堰湾的新词阕

淡雅。柔情。清澈
大堰湾,开卷肥西新的诗章
——"问渠那得清如许,为有源头活水来。"
蔚蓝的天空,飘逸云朵,汹涌澎湃的百强县魂魄
浪花四溅。清新的岸畔,盎然
溢着强烈的艺术魅力,滋润着紫蓬山层峦叠嶂
——淮军故里、改革首县、花木之乡、巢湖明珠
不是杭西湖,胜似西子湖畔

古老的房檐,养一串鸟鸣
每一根羽毛,都沾着肥西湿漉漉的波纹和想象
在波光潋滟的水面,拍打黎明
清澈的水里,遨游着一百万尾红鲤鱼
逆水而上的红鲤鱼吐着水花,水花泛起——

远方董氏宗祠、城西桥、龙潭寺碑刻、西庐寺大王殿、清真寺……
近处高楼倒影怪石、奇树、碧水、珍禽

泛舟水上，铺开锦卷
我邀几位文友缅怀孙仲德、颜文斗、马子中，盛习友……的风骨
——"天下兴亡，匹夫有责"
做砚台。这不是遐想，阳光下
肥西航道修筑堤坝，疏浚淤塞，经巢湖通江达海……

诗意肥西（二首）

许　星

在肥西，倾听花朵的声音

在肥西，我听见花朵的声音
与候鸟婉柔的歌喉一样美丽
那些冲动的阳光，开满春天的枝头
穿越我身体的每一个部位
让每一根神经都呼吸急促并感动

面对无尽的春色，我忘记了
所有被扭曲的事物。我看见肥西
丰满的梦想，正以微醉的舞姿
与黄昏一起，歌唱终生不朽的生命与爱情
南来北往的人流，把肥西晴朗的天空
一点点踩低，踩成幸福的底色
肥西，只有被三河米酒打湿的翅膀
如风吹杨柳。美丽的樱花

成为，杭埠河永开不败的子孙

在肥西，每一粒尘埃都色彩斑斓
每一滴露珠都是微笑的花朵
每一片雨水都生长春天或者秋天
每一缕乡愁都流淌着巢湖明珠
与一个远方游子最温暖和抒情的诗歌……

黄昏，一群鸟在仙人湖歌唱

躺在五月的芬芳里
我看见，一群鸟儿站在黄昏的
枝头，与落日一起舞蹈
和歌唱。它的美丽
打湿了喧嚣的黄昏
打湿了仙人湖，被爱情滋润的翅膀

那些干枯和浑浊的心事
都与仙人湖无关。生命的水域
天空很蓝，阳光的味道很香很甜
鸟声摇动的歌谣
网住了生活的色彩和全部
所有的欢笑都兴奋地站在船头或船尾
以莲的姿势，守望并呵护这
水上花开的日子和岁月的辉煌
仙人湖，我无法找到更合适的诗句

来赞美你。我只能凭借
我深深的感动和祝福,与你一道
琴声悠扬,一道春暖花开

躺在五月的芬芳里
我看见,一群鸟儿站在黄昏的
枝头,它妩媚的歌声
与仙人湖一起幸福地流淌……

肥西草木篇（外一首）

刘星元

在淝水之西，草木就是草木
它们温顺地伏在大地上，偶尔抬头看看天空
它们不背弃祖宗，也不未篡改姓氏
风要想吹，就任它吹——
其实风什么都不会吹到
而草木在暗地里，又长高了一截

在淝水之西，草木也从不会
因诗歌的存在而存在
但这里的每一棵草木
都值得被诗歌细细地擦洗一遍
那些干枯的诗歌将因接触草木
温暖且鲜香的身体，而受孕
继而变得饱满，丰盈
散发出生命最质朴最圣洁的光芒

在淝水之西，站在草木中间

如果你低下头,你就会看见自己的呼吸和心跳——
你的呼吸和心跳与它们的呼吸和心跳
是一个样子的。也就是说
当你和它们长时间站在一起
它们就会容纳你,并把你当成它们中间的
一棵不可缺少的草木

肥西风物

三河古镇里柔软的水,比任何地方
流淌的都慢。从晚清的墙头滑下来的阳光
比任何地方的阳光都轻——
这些圣洁之物,都揣着一颗大爱之心
它们本分地活着,不打扰任意一人

抛开历史,我看到了生活的另一面——
互为仇敌的太平军和湘军淮军
似乎从未经历过那场你死我活的战争
他们放下兵戈,走入嘈杂的众人之中
枕着流水生儿育女,将滋润的生活
磨成了更为滋润的水豆腐
每一块滑溜溜的水豆腐,都要比那个最美的
小家碧玉,还要馋人

紫蓬山上,法号通元的袁宏谟
扯掉铠甲,换上袈裟,便成了庇佑一方的佛陀

佛陀住在紫蓬山上
山间的草木和山间的流水
都成了信徒

在肥西,大隐皆隐于市
随处的街巷里,手持羽毛扇的圣贤比比皆是
他们将英雄捧过来的江山丢弃在一边
只管喝茶论道。他们辜负了叱咤风云的历史
却赢得了云淡风轻的

过三河古镇(外一首)

杜兴化

一

站在古镇的小桥上
仿佛桥洞如打开的城门
来往的舟楫穿越千年的往事
桨声灯影里
近的山河 远的狼烟
都淹没在这千古未变的流水里
水的穿透 桥的贯通
三汊河经过多年疏浚
河水再也没有漫过小镇的额头
小船是桥洞自由的鱼儿
三汊河把古镇淘洗得一清二白
那些古桥夜夜与河水谈着心得
吞进 吐出
都不会停下前进的脚步

二

古镇坐船
过往的小船是水面上飘忽的云雀
轻触水面偶尔有水花溅出
落在嘴唇上濡湿
凉凉的说不出的喜欢
在水网中穿梭
想象鹊渚沙洲年青时的样子
我的思绪被带进遥远
三汊河从远古流到今
执着坦率
已经成为古镇身体的一部分
看着汤汤的河水
仿佛听到古镇的心跳
三汊河流出丰腴的膏脂
水动　我的倒影已被小船载远

三

在三河一把二胡
就能把好嗓音牵出喉管
小辞店　亲切的庐音
把古街巷柔柔的包裹起来

蔡鸣凤是撑着三河的雨伞走的
那把伞至今还在
伞在　他和胡二姐的姻缘就不会散
胡二姐是三河的鹊
鹊渚上声声鹊鸣
都会引起三汊河的共鸣
一对野鸳鸯把爱情演绎成忠贞的绝唱
至今三汊河的每一汊里
都呜咽着小辞店凄美的爱情
据传庐剧曾随李中堂飘洋过海
显赫得成为大清国的国歌
是否也呜咽着大清国的悲歌

四

二十六巷　一人巷最瘦
它是上帝撕裂的一道口子
留作时光粒子的隧道
穿过幽深
把一阵清风放进来
不时的把那些旧时光翻新
仿佛看见那位问鼎科学的少年
匆匆的来　匆匆的去
太阳的逆光映着一人巷
踽踽独行的黑色剪影
他是鹊渚上飞出去的鹊鸟

一鸣惊人
一人巷在二十六巷中一枝独秀
从此不再寂寞

紫蓬山的五月

一

刚抵达紫蓬山的山脚
便闻到初夏的鲜嫩
一枚荷叶卷曲羞涩
一只青蛙在荷叶上想入非非
颜色如荷
荷也成了它的一片绿翅
注视久了
青蛙一个跃身
仿佛要丈量爱的深度
风在水面上颤动
荷下不知是哪一朵浮萍受孕
一田的绿生不定根
却互相抱团
生长着旺盛
绿　火一样的行进着
掩住了奔跑的脚印

二

紫蓬山的天空
烟雨是鸟雀的颜色
花朵的颜色
山里扑腾的鸟音
挂在一棵松枝上
花儿干净的睫毛上
有一粒晶莹滚动
烟雨不是烟也不是雨
是一团柔软的氤氲
塞满山的空旷
古老的山路扭曲的拧着
思索拾级而上
苔藓从石阶缝里
记录着一座山的沧桑

三

五月的花朵
野性的开在山涧旁 山坡上
到处都有却不系张扬
摘下一朵便会失去野性
一对小恋人山道上嬉戏

幸福嘴角上翘着
眼神落在花朵上的蝴蝶
蝴蝶是落在花朵上的新郎
鸟音是清脆的音乐
云朵是白色的婚纱
他们两人也像山中的蝴蝶
粘贴在幽道上
我也走在幽道上
如同走进了山的喉咙
想唱

四

西庐寺是长在山上的香火
一群善男信女
在蜿蜒的路上
遇到鸟石头松树皆有佛缘
佛无语 他们也无语
构成一个哑谜
签在签桶里获得某种暗示
从里到外透出一点轻松
把尘世间的如意不如意
统统烧成香灰
仿佛佛光滴在他们的身上
彼此心照不宣
有一棵松树在夜夜般若中

得到佛性
羽化成一枚孔雀
在紫蓬山顶
衔着一篷紫气

五

谛听钟楼的钟声　悠悠
连同我的惊喜　忧伤
一起禅定
我分明看见这棵古栎树
犹如问天的标杆
阅历无数　音存高远
虬枝遒劲的张望
如从古荒中走来的化石
复活碧绿的初心
原始的野性佛堂边蓬勃着
阳光佛光样　对面切过来
斑驳的落在我的春天里

肥西的黄昏（外一首）

马云飞

整个一个下午，我一直都在想
应该怎么样来对肥西的黄昏
进行描述。我想我要描述的黄昏
只能是三河水乡古镇的黄昏，而且
一定是丁香般的姑娘，撑着油纸伞，走过去
突然寂静下来的黄昏

我还应该去关心一下，那个最后的做秤的老人
在肥西，只有这把最后的杆秤，才能
称出来黄昏的温暖，还有
古桥、古圩、古街巷、古民居、古茶楼等
只有这些经历过岁月的世故，才能
陪伴肥西的黄昏，一寸一寸地暗下去

我想，我还应该注视一下远处的紫蓬山
西庐寺的香火，是三河水乡古镇
唯一的内心独语、丰乐河、小南河、杭埠河

三河交汇处，对肥西黄昏的理解
会更深刻一些，接下去要做的
是我不想去遥望天空，因为
肥西的黄昏，完全都是大地上的事情

喊一个人的名字

多么希望一觉醒来，发现
只有我一个人，孤独地站在三国魏将李典的墓前
一缕缕散发着热气的阳光，透进来
照亮一只小松鼠，啃咬松籽的声响
扑棱棱飞出去一只鹭鸟，我差一点惊叫起来
一阵凉风吹来，遍地野花向我点头示意
我脚步恐惧，大脑孤独，心跳的声音
回荡在淮军名将张树声故居的上空

人在迷途的时候，最适合喊一个人的名字
我不知所措，只能选择一个大概的方向
逐渐加快脚步，然后飞奔起来
左顾右盼，大声喊出一个人的名字
任何一棵大树都能听到，任何一块石头都能听到
天上的鹭鸟，落在最后的那一只
回了一下头，然后就匆匆追赶他的伙伴去了

我已经跑出去很远，没有发现记忆里的踪迹
依然紫蓬山的深处，心烦意乱

不知道接下来,如何确定方向
天色已晚,内心深处,更加空旷
太平天国将领们,正在祭拜天神
周瑜读书的声音,掰断了树枝,落在地上
这正是喊一个人名字的好时机,
我喊出来一个人的名字
在紫蓬山的深处,没有回响

三河古镇的读书笔记

冯金彦

一

在三河古镇 如果用炊烟做成一条鞋带
一定是最柔软的 更重要的是
它自己认识道路 会带着你找回家

在三河 云朵是用来美容 而炊烟是用来止痛的
随便的撕下来一小片
就可以包扎思乡的伤口

二

不知是谁 把船划走了
这些零零落落的老房子是一群丢下的老人
从明朝赶来的老人 从清朝赶来的老人

乡音 改不改不重要 反正这些回不去的老人
都给自己办了新的身份证 肥西民居
之后 就在这里 热热乎乎的生活

三

晚霞 是小时候的一双鞋子
而今 三河长大了 三河的孩子也长大了
谁都穿不上

就用阳光细细的刷一刷 晒在古桥上

四

只有方言还是一起玩大的儿时伙伴
在异乡的街头 无意之中相见
才知道 它们是三河派出来的探子
要把从三河走出去的孩子 捉回去
努力的挣扎 也没有人帮忙
墙角下的这些小草 也是三河的亲戚

五

船不在水上叫什么船 在小南河码头
浪花一次次拍打堤坝 在喊船回去

船进进出出的 叫码头
人进进出出的三河 叫故乡

六

睡在山坡上的英雄们和观众们一样
看山脚下的孩子 把他们已经演完的人生一遍遍排练
他们依旧很冷静 无论孩子的演技如何
也不鼓掌也不喝倒彩

七

远远的有什么
从古战场的山坡上滚了下来
我抓起来一看
只是一把鸟鸣

八

河岸边的梨树 只是和春风抱了一下
就怀了一树的白花

在三河的秋天 梨树像一个个母亲
抱着孩子 在路边等爸爸
她不知道这一树果实 是谁的孩子

九

红顶的房子 灰顶的房子
宛如一个个棋子

一条河是天然的疆界

你不在的时候 那些棋子
也经常自己在棋盘上 厮杀呐喊

十

挂在屋檐之上的那盏灯
那些光 穿透了一个个朝代
鸟儿一样飞来 流萤一样飞来

三河 只用光亮这颗小小的子弹
就把从天空飞过的黑暗 一一击落

古埂岗（外一首）

潘飞玉

我们一直生活在这里。泪水和欢笑
在红陶沉积。必须饮尽月光
才能捧起鸟首耳罐，听到
我们吟诵过的诗歌

石刀斫去荆棘，石夯踏实心事
让情绪不再漂泊。围拢篱笆
在一方山水里，用爱情
精心打磨我们的岁月

炊烟渐浓，季节街头巷尾而来
日子，一双双手中传远
刀耕火种，渔猎。行吟的脚步
羁绊于星子下的村庄

唱起劳动的歌谣。把祝福
烧制成各种形状，跳脱活跃

我把心底的秘密藏在哪个器皿中
千年以后,你能否找到

我们的爱情,是树木花草的爱情
风起云扬中相互追逐
轻灵的笑声穿透岁月抵达
闭上眼睛,还在风中低低絮语

留下再也无法凝练的意象
陶罐逐渐沉静为黑色,收拢火焰
离去,浮华在尘埃中隐去身形
凝视穿过凝视抵达

潭冲河畔,我们的抵达是一种邂逅
蒸腾的阳光托起一片鸟鸣
你递给我花朵,我坦露心事
宁静是一种芬芳的过程

沉醉是这方山水,满把神奇
焊牢了我们的维度。越过千年
同样的芳草覆盖幽径,笑声传远
摇动花瓣,听见木铎的清响

小井庄

一段传奇的开始。小井庄

历史的聚光灯下精心打磨意象
那些泛黄的纸页,凝聚风雷
照片里,岁月出离固态,飘拂

胃的疼,刻骨铭心着昨天的记忆
九月。把土地的命运交给我们自己
歌唱与舞蹈,庄稼同在
舒心。抒情高过了天空

好的开始,足够我们激情澎湃
起航,经得起风雷变幻
看见岁月改变了模样,看见荣华
拂尽了流年,擦亮目光

一粒米,在掌上奔跑出新的纹路
思考,推远着人生的地平线
你回头时,我已布置好了纪念馆
安排足迹,等候探寻

青春为民,足以流芳
把接踵而来的叩问布局红色
党员的誓词,思考中
问遍了我们心中的坚强

需要我们不断地追索
心中的美好刻在这片土地上

无愧的岁月,生活的炊烟
风中舞动,色彩斑斓

可以畅想,随时都在地平线上
扬着红纱巾。身影窈窕
地名是一种美好的愿望
井旁,不断有美好的事物汲出

画里三河入梦摇

刘朝清

那一年,
初夏的薰风自南而来,
万年台上的檀板轻敲,
时光刚刚绿了芭蕉。

那一刻,
游春的路人沿街而过,
望月桥边的流水潺湲,
温暖正宜脱洗客袍。

我是一个口渴的游子,
追风捉蝶踏碎了古镇满地间的琼瑶。
讨一杯清茶,
好客的主人却又奉上了香酥的米饺。

粉墙黛瓦间,
幽深的一人巷里墙上的青苔,

昭示着它曾经的年轻与古老。
宏阔大气的英王府前的甲胄,
早已悄悄换作盛世和风里的羽扇轻摇……

三河,画里的小镇,
我匆匆而来,又悄悄而去,
在夕阳的歌声桨影里,
我把你的美丽收藏打包。

多想做你曲栏回廊间一盆幽兰,
香气馥郁,
伴明月拂去白昼带给你的喧嚣,
多想做你鹊渚桥下的画船,
穿街过市把小镇的古往今来,
酝酿成华美的诗稿。

今夜月华如水,
我沉醉在满地的梨花月影里,
梦里水乡,
画里三河入梦摇……

秋登紫蓬山

纯 子

请允许我脚步缓慢,让脸颊接受清风
肩头落满松针,并有幸被一只坠落的柿子打中
"像被幸福击中一样",当一只走兽忽然从我身边
窜出,请允许它对我保持警惕
我们在短暂的对视后,它钻进丛林深处
而我依旧像个跋涉者,向深处挺进
也请允许我向山上的每一棵树木:
孔雀松、龙颈古榆、古银杏、马尾松、石板树、巨形紫藏等
致敬,几百年过去了
这世上多少事物,有的刚赢得朝晖
却不见于落日,有时活过了今朝
却无缘于明天,只有它们不恐于时光
也不顺从于风雨,把根深深扎在这片土地
从未惧怕成长中的孤独。还有白鹭
在这里择木而栖,它们飞翔、鸣叫,繁衍后代
它们爱飞过的高山的绵延:

李陵山、圆通山、大潜山，也爱栖息过的湖泊的
波光粼粼：大雁湖、仙人湖、巢湖、大堰湾
这是它们诗歌的祖国，和爱情的家园
当山间的清泉，发成潺潺的声音
它一度让我迷恋，隐而不见却总不枯竭
或藏于某片落叶之下，或流淌于某段朽木之后
最清澈的一段，它映照过清晨的白云
也倒影过黄昏的晚霞，因此它必然得到群山的祝福。
秋登紫蓬山，我已错过了良辰美景
但请允许我一步一个脚印，不为时间驱赶，
观落叶，听晨钟暮鼓，看紫气东来，
所有秋风都不能将我省略，在紫蓬山
一个迟到者，同样能寻到别样的路径
并在山顶采得属于自己的云彩

三河古镇行

金 彪

到了三河古镇,我才知道
三条水策划的旖旎
不止在宣纸上,不止在庐剧中
解得春风意的平仄,洗尽铅华
比一方水墨更清新更淡雅

不妨就由春风引路
不过你要小心,开放在小南河码头的油纸伞
随意一个姿势,就会牵出青石巷的柔肠
一如唱词的一声欸乃
就会将你留在一朵丁香妩媚的前朝
那么,你这摇着羽毛扇的书生
将是望月桥上水灵灵的留白

且学一羽飞翔的游鱼
打捞早起的桨声,捣衣声
梳理阳光蜿蜒中的清澈

看两岸的飞檐不慌不忙，挑开绿柳的帘幕
放飞鸟鸣
马头墙扶起安静的琴声，像一个个有故事的老人
些许沾染着古意的小草，在春风里摇曳生姿
精打细算着以后以及以后的日子
素颜的门洞里，走出粉嘟嘟的桃花女

那么登岸，以明净的身子走过大捷门
在刘同兴隆庄的旁边，找一间古茶楼
端起一碗酒的敬意
不再说水的坚硬，不再说水的湿润
夹起满筷子的三河酥鸭，跷一会二郎腿
看一对对喜鹊飞过万年台，飞过辽阔

向晚，借一缕璀璨的灯火
舀一勺万年禅寺钟声的波涛
擦拭一枚古镇俯拾皆是的陶片
在每一道划痕的汪洋里
再一次寻觅水做的别样家园
哦，当然也还可以去古西街
在归仙桥头漂白的月色里遇仙

紫蓬山上的麻栎树

汪 抒

不是一棵,而是一千八百七十二棵

不是一滴露水
而是数百滴露水(更多的露水仍然呆在树叶间)
慢慢滴落
还有一部分露水,沿着苍苔般的树皮
向下滑落
潮湿的暗光就像
回味许久的一瞥

不是一片雾气,而是
扯不断的雾气
一缕缕,缠绕在陡峭的山坡上
与麻栎树秋冬中的枝条与叶子
默诵无声的仙冷的经书

不是一枚落叶,静静地躺在湿漉漉的地上

而是数不清的落叶
青青黄黄地耀人的眼睛
——它们并不全是麻栎树上落下的
叶子

麻栎树也有许多落叶
但它们都在恍恍惚惚的视野中消失了
不知去处
也许是神秘地飞走

肥西的诗意猜想

闻 桑

抛开江淮流域之间所有的装饰
我的笔墨蘸满对你的想象
和早起的伯父到中国包产到户发祥地
田头催春。捕捉那一只布谷
啄开淮夷之地坚硬的外壳
取出病痛的结石,古埂岗
让石铲石刀破涕为笑
成为临淝水之南滨
巢湖西岸的第一缕阳光

十月秋风越过淝水之上
透过前秦的斑斑驳驳的光环
八公山之下。出兵伐晋于淝水交战
东晋仅以八万军力大胜
八十万秦军。一士谔谔击掌
真理并不掌握在诺诺千士的手上

冷对强敌却面色从容的谢玄,点赞
敌众我寡令其走者闻风丧胆
引兵渡水。开始是刀枪追着它
后来我看见它追着刀枪
你抵御外族侵略的色彩
我试图千万次复制
一条以弱胜强的道路拓展
给了肥西漫漫的黑暗

俯下身子,触摸合肥西南
你的朴厚趋新开放
包容岂是一眼便能洞穿
从风声鹤唳的将军岭拾级而上
投鞭断流舍我其谁
在你梦里展翅飞翔
工业强县,生态立县,特色富民
城镇带动四轮驱动
肥西要勇当安徽排头兵
挺进全国五十强

从杨振宁的古镇远望
三河登高,望不断新城浸染
百里滨湖秋色绚烂
今夜清晰的月色是诗意的
今夜朦胧的乡愁是诗意的
今夜的一滴露水都是诗意的

最富诗意的还有我对肥西诗意的猜想
随着中华民族的伟大复兴
不知不觉又走进了谁的梦乡

三河古镇(二首)

孙启放

万年台

"万年台"不知何时才能用旧
我的目光是簇新的
被一个女子哭倒的长城瘫在台下
随手拾
哪一块砖都是几千年

我前世的梦见识过这样的人世间
天光会转暗,七月会飞雪
天上的雷
会记住每一个世间作恶的人

一个人的泪水冲不倒长城
悠长的传说是一册可存疑的史稿
感染力远强于诗歌

当下,我不敢停下脚步
白日梦会将我折磨得死去活来

夜色笼罩舞台,时空尽显出神秘性
台下,仰面的是大群精神病患者
外围孩子们鲜花的笑
解放出明亮的天光
装点出另一个喜庆的名字"花戏楼"

三河古镇,避不开的万年台
孟姜女的哭声
断断续续跳动在庐剧的簧片上
长袖如水素颜如玉的女子
她的千年悲
与我,只隔了化妆间的一面镜子

一人巷

我来时秋意幽深。
没有传说
这幽深的一人巷便显出怪异和难测

深宅大院。一些树老得忘记开花
花,肯定开过
与衣带上的幽香混为一体
私奔将撕去一个氏族的脸面,无奈的决绝

是前世的孽债。
墙高,老树更高。春色浓于夜。
一人巷内放不慢的脚步响如滚雷

我得按住心跳,在星夜
假装不知
迎面牵手奔来就是那一对多年前的璧人
紧贴巷壁相让
他们得侧身,也会慢下来——

被千万人看千万遍的唱本现场
他们是主角。
或许,能够听一声匆忙的低声"谢谢"
一人巷是狭路
锥心的爱和冒死的慌
是如何挤压在他们依然稚嫩的脸上?

聚星湖暮色（外一首）

吴 辰

这是深嵌皖中的一块翡翠
青绿里折射出隐逸者的深度
疾风推开一道道波澜
聚星湖的暮色终于拉开帷幕
白鸥盘旋在游人的头顶
木舟成了黄昏的道具
金色的湖面闪烁着光芒
那里蕴含着白昼最后的能量
湖和天连成一片
心和未来相隔不远
我愿来生化作一块石头
扎根在这诗意的湖边
以平静的姿态站立成永远

三河老街

至今，空气里还留存着祖先的气息

气若游丝,比黑马褂的纹路还细
细长的记忆,夹杂着岁月的尘埃
太过脆弱,仿佛一触即断

青石板上,一切都清晰可见
光滑的镜面映出悲喜容颜,以及
深深浅浅的脚印

老去的青苔必将重生。总有一天
它们会将整条老街裹住
就像一颗珍珠裹住所有的苦难
就像一块琥珀记下当初的故事
就像一枚碧玉,时不时地回味着前生

清幽紫蓬山(外一首)

聂振生

蜜蜂溅起花香
鸟鸣垫高清风
打开一页春风
石阶搭在传说上
小径是一根弦
被虫鸣压斜
古松挨紧寂静
竹影远离尘世
一叶小舟
卸下涟漪的悲喜
人影远去
水波还在荡漾着离人的思绪
打坐的西庐寺
乘坐一个汉字
几点鸟影
滑下梵音
露珠煮暖花香

钟声旁的夕阳
坠下传说
受惊的香火旁
塔影是一枝经书里的梅花

游走三河古镇

古镇是历史的韵脚
线装的传说
有花香的印迹
水波光影虚掩童年
长长的小巷
绕到鸟鸣之后
隔街的宋朝
桂花开到家书里
琴声搬弄寂静
木门推开往事
几张蝶翅
是情话的涟漪
蟋蟀调试
怀旧的心情
石桥上
妩媚女子的长裙
被传说的一角压住

古镇的墙砖

江 耶

在三河,我到来之前
这些砖,和它们砌起的墙
都已经有了历史

一堵墙有多厚啊
我用脚步量,一下,两下……
却被突然而起的一句话打断
"这一块砖是真的,那一块砖是假的,
水泥勾出的缝,肯定是后来的。"
我分辨不出,它们一律青灰
一动不动的,看着我们在比划着

这里的每一块砖,都有一些来历
它们取自某一块田地里的土
它们在某一孔窑里烧出
他们被运到这里,被砌进墙里
经过了多少双工匠粗糙的大手

日月交替，又多少风霜雨雪后
经历了多少双像我一样惊奇的眼睛

如果作为一块砖
它们都是真的

白 鹤

朱家勇

梦里汹涌的下派河
大面积的美在生长
垂柳、水杉、芦苇、香蒲
每一株植物都轻浮
在三月的风里
渴望一对爱的翅羽划破梦中的蓝

芦苇深处肯定有秘密
我们都穿着白袜子
不便涉足
那就吼两声吧
看,一道白光
青春、爱情、火焰
白鹤在这里亮翅
叼一根树枝飞过太平洋

写给三河

朝 歌

一

一座千年的古镇,有着怎样的美丽?
清晨,漫步国家5A级景区水乡古镇三河
绿色的树木,绿色的晨雾,绿色的荷叶
仿佛就是置身于绿色山水画卷里

三河的一花一草,一大树一华宇
都在默默地昭告世人
这里是江淮大地上最美丽的水乡
鲜活的流水,永恒的乐章

与丰乐河相亲,与荷叶生死相许
晨曦里丰乐河薄雾起伏,旭日冉冉升起
丰乐河或浮光跃金,或岸沚汀兰
守着一方碧水和蓝天,我们心如止水

心：向善、向真、向美

二

相望多少相思意，落霞晚去恋三河
千年古镇水乡三河，一草一花一木
一桥一水……都让我们眷念

古镇三河，无论是颂赞还是歌
你的美丽都无法一一赞美，也无法一一吟诵
仅仅是水和比水更美的荷叶，就让我唱不完

歌声向晚，当一缕夕阳落在如画的树上时
我还在唱，我要像百灵鸟那样多情的唱
唱出三河前程似锦、璀璨辉煌的明天——
这皖中腹地最美的水乡，明天必定是璀璨辉煌

草莓,草莓(外一首)

贞 子

许多已经成熟的草莓
或者尚未成熟、依旧青涩的草莓
与事物的本身无关
可是它们走在同一条道路上
悄无声息地悬挂在凌乱的藤蔓
等待着岁月冷冰冰的收获

草莓不知道这些。自然,这一切也不会由我说出
因为我不是草莓。甚至不是人群中
独一无二的思想者
如果有一天我突然出现在草莓园
我就是无数果实中最普通的那颗

你曾经忽略的蛀虫形象将会牢牢记住
想象着某些日子
我的躯体逐渐空荡起来的感觉
或被甜蜜灌满的体验。

然后是风暴和红嘴鸟图谋的食物
我心灵破碎的疼痛在一颗草莓中还要持续多久

没有一颗草莓不梦见香气和蝴蝶缠绕的花朵
以及越来越快的坠落。上升是我们的一种形式
下降则是另一种形式
但它更加肯定。并且不可避开
就像我现在不得不面对的一个忧伤的词
在它投下的巨大的阴影里
我只能是小小的缄默的草莓,什么都无须表达

草莓市场

红的草莓,甜的草莓,点灯的草莓……
人们把这些美好的东西
一筐又一筐地提回家
而市场上的草莓却越来越多

而我们对事物产生的想象
却越来越少。草莓
不过是无数经典故事中
一个单调的细节。与结局没有任何关联

仿佛水底的月亮。或镜中的少女
她把一颗美人痣红红地钉进玻璃
但只需要一阵风就可以把一切擦得干净

我怀抱中的草莓顷刻凌乱不堪

阳光一如既往地落下来宛如油漆般的事物的颜色
在果皮上陆续地盛开
我希望在一只灰趾鸟的翅膀上飞回乡下
回到大地上空荡荡的草莓的藤蔓

致肥西（外一首）

李庆高

注定在一首诗里和你相遇
青山、湖水和草原
是你身上三个最迷人的词
在你的门前停留
好似在画中漫游

再回首，我刻下了
你的名字和模样
那么纯朴、典雅
那么楚楚动人、那么像我少年时
曾经爱过的一个邻家姑娘

大雁湖

没有那儿比你更接近天堂
月光下的湖水，似一幅画
镶嵌在肥西的胸前

触摸你,就象触摸万匹丝绸的面孔
触摸你,就象触摸一本时尚杂志的扉页
亲近你,就好似亲近了皖西的民谣

在你的微波里,我看到了
一人巷、仙姑楼的变迁
在你夜晚的低语中
我领略了一座古城的魅力

我是一只从远方迁徙
而来的候鸟,你的朴厚与包容
使我尝到了诗意栖居的幸福

和你相遇,谁都会忘记乡愁
你那一泓翡翠似的水
今夜将会流进我的梦乡

三河古镇,我与你隔窗相望

杨 勇

我们隔窗相望,很久了
世界之外,没有一句笛声,来听
静默的你,微笑的你,对季节无所求的样子
独自温暖自己的城市,其实,
在你身体的每一个细节
都蛰伏着一个惊人的愿望,攒成有故事的波涛
我想有一对鸟儿的翅膀,却不愿飞行,想看你站在鱼的鳍
自由而骄傲的临波而立

水的形状,四散的感情,又多么渴望你的触摸
虽然你给我温暖,但你并不知道
我有许多脆弱的肋骨,撑不起自己的真实
高楼大厦夸张地笑,虚伪的灯光又照亮
谁的眼睛,你的城市四通八达
而通向你的道路只有一条,那些捷径在我心里弯曲

最简单的思考却千回百转，酝酿一粒心情
将最隐秘的情绪埋藏，只有这个城市的季节
才能盛开你的愤怒和喜悦
给你以似水的柔情，以青春的沸点
你就情不自禁，向那城市张开你的怀抱
把自己融入这个秋天，我知道
有一种叫做停不了的爱

就这样隔窗相望么，隔着语言的玻璃
我不知道有多少眼睛注视着你
直到你的声音灿烂如花
你九月的秋水依依，让我学会陶醉
起起伏伏的碧落，是我对你刻意放大的爱
满载一船思念，我咀嚼那些预支的幸福
并在每个夜晚，有声有色，进入你斑斓的波涛

在紫蓬山下

王 华

推开一扇陌生的、黄昏的窗户
拥抱满怀的绿色与雾气
肥西,在与你对视的一刻
所有的词语都已经不能呼吸
这样的邂逅毕竟太过于惊喜
群鸟和雨水都还在回来的路上
只有我先到了
先来听一院桂花的芳菲和歌唱
一杯洗尘的老酒
让我和紫蓬山执手言欢

今夜,不知道风来不来
也不知道云朵来不来
我把忧伤和孤单都挡在门外
今夜,肥西,
我只和紫蓬山做朋友
只和竹子和茶香做朋友

此起彼伏的虫鸣
黑暗中默默飘落的花瓣
都是这个时段我紧紧捂在胸口的诗句
我希望它们美丽些，再美丽些

明天我就要登上紫蓬山了
我不知道那上面预备了多少惊喜和秘密
那些安静的山路
是不是在等待一双远道而来的脚印
而我等着和一些花朵或者树叶相遇
等着和许多天南地北从未见过的面孔相遇
等着和这个季节里最美的颜色和气味相遇
也等着和山林深处某一个调皮的松鼠相遇

此时此刻，我知道
远处的河流正在微醺的暗夜里一直说话
那些永远也说不完的内容
沿长满青草的小路寂然开放
时间匆匆的步伐里
只有今夜的记忆是永恒的
肥西，我会在湿漉漉的黎明醒过来
在一棵香樟树的影子中
在一滴露水的光芒中
看你的雾起雾灭，花开花落

爱上三河镇

心文花雨

爱美人更爱三河镇
三道清波碧水缠绕　闻一闻　甜
窄窄的小街站着长　摸一摸　深
青青的石板躺着睡　听一听　响
猜猜是谁忘记带走您的足音
仓房的李鸿章
当铺的周家
八扇巷的孙立人
一人巷少年时代的杨振宁
一缸三河糯米陈　久远
一段严凤英的庐剧《小辞店》　经典
一个美丽肥西古镇三河白狐亭的故事　传奇
所有的特产都打包给你奖赏
读你　写你　画你　看你　爱你
舒婷说你更像一枚老玉佩
我说我要把你娶回家
挂在心上不离不弃至到永远

三河古镇抒情

乌有其仁格

小南河吟

河水的反光与韵致,在细浪里有了
另外的说辞。光的隐喻,像隐者的山林
安静,有深度。在这里,你会亲身体验——
心灵的清洗与救赎是惟一的话题
泡好茶叶,还可以说到茶道,这不成问题
你沿着河岸往前走,找到长江入口以及曲线成因
放到中国文明史中,种植成根,也是道
你也可以学着艄公长长地喊一声长江谣曲
"百年歌自苦。"小南河两岸的人有歌无苦
此时我说这话,似不解当年滋味——
譬如苦楝的苦。如果你在乐音里听见
人间沧桑,你也许从黑暗里走出已久
那一定也是摸到边界看见光明的人
你在河水上,看岸上茶楼酒肆与亭台阁榭闪着光彩

看从望月桥到二龙桥之间波光荡漾
与岸上光鲜亮丽的人们相溶。你也可以
从天鹅的叫声里感受光阴更替，幸福流转
我是外乡人，从一个省到另一个省，一个县，一个镇
走在岸上，我像一只鸟，来去自由，心潮微漾
这人与河水的约会，也会让我痴迷，忘记回去的路径
这梦幻一样的真实，又好似非真。流去的河水
远看，像一面镜子，深邃，反光，猜不透。小南河——
我不知道，我该不该来，什么时候走。对于爱，选择
是一种痛苦

肥西书

墨 菊

淝水凝思，巢湖藉梦
晋雨楚风如一粒细沙，含在方言与姓氏中
领受着心跳与体温

肥西是水命的
沧海桑田不过是一波眼神流转
在西北滑向东南的坡度上
青葱着淮军的马蹄和花木的故乡

水浣流沙，而足音明亮
一方水土把沉沙、功过与更迭
放养成天边的朗月
肥西，有藏不住的光彩。关于强大与富足
取自叩响未来的脚步
取自高出辽远的思想

古镇风情,大美肥西

苏美晴

穿越古镇的街坊,摇晃的风
带着比江南更风情的情愫
一轮明月吊在弯弯的屋脊上
明月比故乡的白
晃动的面孔,德耀中华
古娱坊,鹤庐,万年台
遥远的梦境,温暖我的眼眸
云朵不知归处,仿佛
古镇是我一个人的古镇
别样的情愫包裹而来

此刻,仙归桥上的神仙已经瞌睡
我只想提着一缕月光
在青石板的小巷里摸出不变的骨头
仿佛从历史的深处,一种神韵就在肥西
驻留。它们包裹着我
让我也成为行走的美人

庐剧的唱腔绕梁，那双做秤的手
点下最后一个星星
像点给我一颗朱砂痣
像风吹送我，站在历史的舞台
导游告诉我，游古镇有十大舍不得
我摇头，
我欢喜的疼痛是我穿越了整个街坊

美，不过肥西
一砖一瓦，一水，一个凝望的眼神
美，不过肥西
不过肥西的古镇风情
唱一句仙客来，游子纷纷而归
就像你到过这里
就像你，从未离开

你若来

若　水

一抬脚就跨了县界，隔岸鸡鸣
还是昨日的二龙街，《小辞店》，昨日的那个人
他会不会沿着河堤走来，只为黛瓦白壁
马头墙。只为秀色桃花开了谢了
硝烟早已退走。这个古代被称为鹊渚的地方
如今还有谁压低眺望的屋檐
步履踯躅

远方来客，你若来，请带上足够多的诗意
和缱绻情怀，时间选在今年的春天
观两岸桃花，看烟雨飘散。只一夜春风
所有的杨柳便都成了羞怯的少女，等你来扶
她妙曼的身体。眼下，水是流着的诗，它温婉
它柔，有着古典的意蕴
这时，你最好租下一只小船，顺流而下
不把桨，不担忧诸多世事。不一刻儿功夫
船就过了小南河

留是江南雨，客舍青青
五里长街只许春天来散步的，打伞和不打伞的
都是肥西的客人。你若不急于走
就在五里长街住下来，赶庙会，看龙灯、河蚌舞
累了饿了，便拣靠河的酒店，喝米酒
吃三河酥鸡，一边慢悠悠观赏河畔风景
若是天晴的傍晚，便约上亲朋几个登上圩堤
看见天上一个月亮，水中一个月亮

时光里的三河古镇（外一首）

赵永林

古河，古船，古桥，古圩，古街
古民居，古茶楼，古戏台，古战场……
从二千五百年历史长河，曲曲折折
划来的三河古镇，泊在肥西
厚重的时光里，卸下一湾古朴风情
一幅幅，凝重的水墨画

身驮稻米香的船只，驶出驶进
仿佛在为我诠释，肥西地名之实，地名之美
而沿河铺开的一家家美食店
像一朵朵不甘寂寞的花
争奇斗艳，用不同风味的香俘获你，敏锐的嗅觉
让你一再叹惋，自己的胃容量太小

镇是古镇，街是古街
但街镇天天上演着一出出，徽风皖韵的新戏
让寻幽探古的人，不经意迷失了自己

请允许我，住在画图一角触摸
古镇的每一寸古，尝遍古镇岁月酝酿的所有美味
如果可以，我还想把耳朵
贴在离历史最近的那扇窗口，听一听当年
旌旗猎猎，鼓角争鸣

紫蓬新咏

一缕缕仙风紫气从东而来
打开紫蓬千年的盛况
——钟声，香火，木鱼雨点般的咏叹调
山，在悠扬的经声浇灌下，日益增高
抵近我们心中的天堂

我夹杂在祈福求祥的善男信女中间
对真，善，美的虔诚，斧凿一样刻进眉梢
带着诸多心愿而来
我知道西庐寺的神佛，有求必应
心怀大爱，和尘世悲悯

紫蓬山是一种高度，也是一种角度
透过它，巢湖之滨的万千美景，莲花般
一一浮出水面，沿着历史的走向，现代的眼光
我看清了中国"包产到户第一村"迷茫的前世
和富丽的今生，看见了一座名城内心
奔涌的朵朵火焰，听见了她

青春健美的心跳,坚定的追梦步伐

魂归紫蓬,对英雄是最大的幸福
而采撷诗歌中鲜活的生命意向,对诗人而言
亦是一种幸运。站在雄姿英发的周郎
当年咬文嚼字的地方,沁人心脾的书香
把我的空白一寸寸填充,氤氲
这是一座目光高远,心怀众生的山
赐予我最金贵的福祉。不虚此行

哦,我愿是你枝头一枚
宁静的叶子,在这远离尘世的净地
坐禅,修行心性。我更愿是绿蓬鹭鸟中的一只
栖息在被目光仰望的高度
卿卿我我,和生活谈情说爱

肥西之韵

王志彦

一

紫蓬山上的油松笑出酒窝
一片古荷,沿着肥水的骨架,倾谈

仿佛世界打开了另一扇窗口
你我中间隔着一段古埂遗址失修的安宁

历史被掀动,旷世的古镇三河
在落日下发出细小的尖叫

小南风吹啊,巢湖的另一个角落
是肥西彻夜不眠的和煦

二

春风吹。桃花们集体碰杯
一弯旧枝,贴近桃花镇

小酒杯,倒啊,倒
肥水漏尽了稻谷的甜美

我在望月桥放生了一把光阴
翡翠湖畔,云朵和百花绘出了尘世的眷恋

而此时,万年台奢华,月千载
阅读肥西的人,穿过了春天的花海

紫蓬山的雾

水 子

晨起,隔着一道栅栏
紫蓬山的雾,浓烈,迷人

而我在雾中,群山和大雁湖也在雾中
这是女性的雾,软到极致
万物和梦里的人,浮动的笑脸
像潜在的光,在山间闪耀

我知道,我穿越不了
这旷世的柔软
我无法觉察的速度和隐匿的朦胧

一寸寸的切割我,灵魂到肉体
大摇大摆地在我体内,打开一个缺口

这美丽的风暴,席卷了所有的幽怨
从我体内出走,爱意,慈悲,储满宁静

哦,风暴
栅栏之外,还是发生了
安静的漩涡
缭绕在紫蓬山间琥珀色的漩涡

写意三河古镇

胡云昌

桨声欸乃。千年水乡的歌谣沿着绝版的波光
抵达声带,余音袅袅靠岸,刻意避开码头的苍老
犹如钤印在水边的一枚闲章,恍若春秋时期的鹊岸
两千五百年的黄昏,一只归燕斜着身子,天马行空

肥西。三河古镇。夕阳已熟,余晖丰腴
暮色显得很节省。几缕炊烟依依不舍,眷恋于天空
意欲收割薄暮里渐渐荒废的寂静,以及虚掩的月光
又仿佛要把一轮落日,托孤于天下

三河流过,如三句庐剧唱腔的细腰,婀娜过肥西
写意婉转,点染山水。水袖与台词不谋而合
一抛,一唱,就沏开了一个古镇的一叶春天
仿佛撒开攥了一生的韶光,
三河古镇就此羽化成蝶了

三河大捷的门牌坊,古意成熟,隐匿了沧桑

而硝烟还未清场,像是在等待一位死里逃生的故人
由青衣反串成武生,各执半枚号角,奋力赶上盛世
对上前世与今生的暗语,续演一场隔世的战火

三县汇于一桥。南来北往的马蹄已被时光故意做旧
在这古色古香的时间渡口,从三个方向涌来的时光
精确地古典,不迟到一分,不早退一秒
恰好掐住三个县的落日,
那光芒高于所有光阴的废墟

国粹楼身高七层的光阴,比一段旗袍的腰身
更加古典,站旧了一个古镇的全部时光
马头墙上的飞檐,挑着一段暮色与落日扑腾的翅膀
翅尖上的风声里,总是提心吊胆地
悬着一个人的中年

大夫第挥霍着浩大的流年,陈列前朝旧事的寂静
精美的徽派文物,经过时间漫长的淘洗
在静止的时针上慢慢怀旧,
醇香如六十度的古往今来
让我们只能冥想,不敢喧哗,彼此醉成倒影

古西街有五百米长的年轮,
身着青石板与古朴的月光
流年如水,沏茶一样漫过古街,洇染一巷水墨
这一截斜倚在阳光里的古巷,

抗拒时间的褪色与凋零
时光也许已经年久,但古意却不曾失修

鹊渚廊桥遗落在一幅水墨画里,在荡漾的水中还魂
流水一次次误读了落日,
浪花心甘情愿成为廊桥的书签
河面已经展开了一尺宣纸,释放着月影与古人
一千五百年的长亭短亭,坐等一个肥瘦未知的来者

落日枯瘦,意境苍茫而磅礴,只需一羽飞燕点化
此时,一支橹,不经意搅动了一个古典的词牌
有多少平平仄仄,藏于浪花,隐在水滴的遗址里
只要有人吟诵,就有词语的烟岚,飘渺了整个古镇

三河印象

谢 耘

扬一叶轻舟向三河来
耳语轻轻
求得古镇三桥连接两岸秀丽的楼亭

停舟靠岸
掠过白墙黑瓦
细雨霏霏间
沿着石板街和一人巷一路穿行

安静安静
姑娘的笑声愈来愈近时
我故作懵懂
任河里成双的鸳鸯
拨弄倒流的光阴

清风习习
谈笑间

摇转鹅毛羽扇的不是诸葛孔明
一笑倾城的
恰是此间巧手的玉女街邻

繁华若梦
四角的游船悠悠荡起时
夕阳打了个盹
黑白交替间
归家的青鸦拣尽寒枝将岁月静止

寂寞，不语
朦胧中
是谁在三河生生不息的长河里
频频下网
将此间绵绵不绝的故事
满满的打捞
而后
又在市井的口口相传间
将一段人生丰满

古镇三河

黄其海

古桥接壤古桥
接壤大地母亲的心脏
古圩牵手古圩
牵手丰饶的江淮粮仓
古河环绕古镇
融汇一幅画卷般水韵俏江南
三水交合、鱼米之乡
成就着三河古镇的美名

古镇三河——是水的故乡
是白帆与白鹭的故乡
是湿地与芦苇的故乡
是渔歌与桨橹的故乡
那长长的古圩堤上
有我母亲成长的家园
门前淙淙流淌的小南河啊
是否还记得她

捉鱼戏水、织网拾穗的纤弱身影
那青石板上的古街巷啊，是否还刻下
我们蹒跚学步的脚印
那布满青苔的石桥边、垂柳依依的绿荫下
是否还萦绕着我们清脆流韵的歌谣

而今游历过数不清的美景画境
我会难忘那精彩瞬间
穿行过遥迢的人生旅程
我好想回头再看望一眼
唯独古镇三河——
我轻易不忍踏足半步
生怕会惊扰她的祥和静谧
生怕会在这依堤傍水
雕梁画栋的古民居中迷了路……

昔日沧桑云烟终散去
我美丽的三河古镇
有古色古香的芳名便是福了
哦那岸边汲水、浣衣的窈窕女子
那倘佯在五里长街的惬意
品茗在古茶楼上的遐思
会否走进你今夜缤纷绮丽的梦？

肥西的吟与唱

英 歌

这座玉兰般洁丽的都市我的肥西
从氤氲着杜鹃花的气息里,绽放幸福
怀抱阳光和花草的土地,连暖风的爱抚
都显得轻柔明艳,诗意盎然

栖息守望,我们共存共融的家园
姿态和模样永远那样清新优美
栖居在大湖名城、创新高地的生灵
清晰的有着咧嘴开怀的面容
有着一颗快乐而又甜蜜的心

掩映在绿色中的都市
肥西是绿的,心情是绿的
漫步曲径通幽的小道,骑行葱笼碧绿的街区
或者,仅仅坐在公园的长椅上
畅享家园的蓝天碧水,畅想幸福与爱情
心灵也会随风漫舞花开一地

这座流淌幸福的城市
让城市的歌者,开怀地行吟
让异乡的过客,与期望的日子默契相逢
更让更多普普通通的你我他
在时光的长廊上,捡拾一地梦想的幸福

城市肥西,高楼林立,如烟花灿烂盛放
山水肥西,绿意盎然,似园林景致缤纷
人居肥西,人们轻盈而又恬淡生活
带给我们温暖,带给我们感动
带来一幅经济与文化和美共融的风情画卷

肥西印象

龚远峰

肥西,一个播种造林的姓氏
生活,因大量种植了森林而光彩夺目
眼光,被一棵树引向前方
当他的脚步,走到了花木新城
人们的眼睛,就会为之一亮
就会叫停马蹄,改用轿车
改用大马力的货车
用物流、休闲、文化服务等常用语
与"首批教育文化强县",亲切的交谈
当他们在日子里,加入了三河酒
水豆腐、和卤香牛肉……
就填成了广陵散、鹿鸣春
龟虽寿,以及沁园春的曲牌名
当然,把肥西皖腔的音节读一读
就会平平仄仄抑扬顿挫悦耳起来

在肥西,生活不仅是耐人咀嚼的

还让人叹为观止,她明亮的大灯
高挂千年,亮了一千六十多平方公里的土地
那舒王古墓、董氏宗祠、三河古镇
清晰了人们惊讶的眼睛
清晰了忙不迭接的像素
一帧帧古香古色,风采依然

亮起来的肥西新城,正提灯走来
而我愿意从生命里,提取宝贵的光阴
从霓虹灯的进行时
从流光溢彩的街市转身片刻
沿着古遗址、古建筑、旧居街
穿千年的隧道而去
把思古之幽情,慢慢的温习

对着被新城重新设计的肥西古街
在熙熙攘攘中,寻找旧日的足迹
在红男绿女里,寻找文人们的后裔
那风姿绰约的体态,那潇洒风流的身影
肯定有不少是从古山道、是从古镇码头走来的
他们正在把汉的故事,勤劳的品质
生活的真味,继续传写开去

阅读大雁湖

梦　阳

大雁湖
这大地的眼睛,谁来守护?
蔚蓝的经卷,谁来诵读?
这一切,只有你最清楚。

夜深了,顶着风,
月亮小心地,用银碗将这一切拥住。

此刻,躺在这纯净的碗里,
和你对望,谁还会孤独?

秋风,大雁湖
草叶上的霜花推开夜色
昨夜的露珠开启黎明
风的手掌托起远山的背影

一切秘密都在一把二胡中深藏

旅人悄然走过
花朵藏在草根深处
与这一切为邻的还是那位汲水的姑娘

一粒鸟鸣又一粒鸟鸣
我的大雁湖在鸟鸣中沉浮
瞬息夜了瞬息又亮

一只小兽踏着花香
在山脚优美地回望
一副不食人间烟火的模样

第四条河流

高文献

我用数十年的光阴,开挖了
这条河流,从我的心海,一直
奔涌到三河古镇,气血
打通,在时光中穿越

我的船满载着大米、鱼虾,羽毛扇,角梳
还有那些气宇轩昂的英雄豪杰
枪炮之声早已淹没在
我清澈的碧浪之中
谁家的渔火,正照耀着
歌舞升平,温馨而安宁

踏着青石古街,让目光透过深深的
一人巷,那位会做米饺的姑娘
一下就挥霍了我
半生时光

月光阁高入星辰,我在夜色中
裸成月光,倾泻
把一切都交出,像那位董先生
交出一生的爱,交出我开挖的
第四条河流,让她和
丰乐河、杭埠河、小南河一起
拥抱,欢腾奔流不息

肥西，镌刻于神韵的明珠

孟甲龙

时光恪守不渝，守候了一方诗意花明的神韵
衔接在日月的闪烁，被定义成传奇
花木沁香，厚重的文化与金戈铁马
涵养了肥西高山仰止的形象
从此，"淮军故里"的故事便在宣纸上流传千古

历史收敛了一枚文物，把古色古香播种在山水
肥西，你是时光御赐的丹书铁券，引吭高歌
触摸你的灵魂，忘记了天上明月的朱颜
抛却生命中隐匿的痛苦，挽弓射掉巢湖的日落
捎带一壶浊酒，与花草树木彻夜长谈

"全国强县"的招牌，演绎成人文地理
寻觅一句诗经的模样，于波澜起伏中见证奇迹
肥西的旋律，削弱了痛苦的尖锐，使得形销骨立
在黑夜里迁徙成光明磊落，转换成一种图腾
最后抵达在阳光与理性的漩涡

咬碎心律,跌落在神韵的领地,瞬间光辉
宛如午夜的昙花沁香,不可替代的
是遗留在天上人间的金色楷模,与"巢湖明珠"的灼眼

花木之乡,白登风云,改革春风也能暗藏玄机
在一个夕阳垂落的傍晚,写下一句诗词
作为膜拜明珠的借口,在仰望中诞生一种修为
于肥西寻觅发展之道,把落后打入死牢

西庐寺感怀

冯秀兰

从远古奔来的微风，援上银杏的眼眸
与穿越时光的美狐撞个满怀

羡慕仙家的心，走进西庐寺的夜色里
用一种敬仰的姿势
布洒一次绿遍山峦的雨露

我站在望湖楼上
看见隐居访庐的主人
在大堰湾的璀璨里飞

这一刻，四面八方的香客
跨入大雄宝殿，跪下、站起
双手合十的祈祷中
有多少不可说出的心语

松竹林里的那一只不知名的鸟儿

腾空飞起,透明而健壮的翅膀
滋养心安的五彩祥云

美哉，肥西

丁 莹

肥西——古朴的羽翼展开，浮在时间的深处
离乱、刀戈、兵燹已越多年。
古镇剥落着时间的缓慢
民国时期的谚语，还在如今的小巷里风行、取暖

那浸在方言俚语里兀立着的老墙旧瓦，高挑着地域
闪烁时间的标识，让汉唐明清，
以及民国的月光水韵
铸就了千载柔柔风骨，以及厚重水土的真气

沧桑的古城与宋词小令一样窄窄的深巷
从时光的画面中翩翩逸出、铺展。用你目光的触手
就轻轻撩开了，一本立体而古典的——千年画卷

而三河镇、刘铭传故居，是肥西的胎记。
在记忆的沟纹里
除了古城人知道，那无法打捞的往事

还有时空转换,以及光阴淤积的轶事钩沉

肥西猛涨的新城,只有在典籍的册页里
收回各奔东西的枝枝蔓蔓,只须稍稍一抖,肥西
就将杨振宁、董寅初的故事,花瓣一样飘落

这些年,肥西的乳名、胎记全飘在小城的花香里
隐藏在森林般的楼群一隅

庐剧的天空下

方 圣

在三河，庐剧的天空下
小南河平静地深入夜晚
深入两岸的富足与繁华
桨声咿呀，游人喧哗
灯火辉煌，亭台优雅
酒店里觥筹交错
迎来送往，一茬又一茬

鹊渚桥无数次地
看见，被岁月磨光的青石与渐行渐远的村庄，
摇晃的油灯与依稀的炊烟
看见小南河里鲫鱼纤柔的游姿
船夫的身影慷慨激昂
看见，两千多年前的春秋时代
骑马的武士握紧铜柄的长矛
一身青衣的书生手摇鹅毛小扇

时光轻轻拨动古镇的心扉
一段古城墙阅尽人间万象
一人巷,谁的脚印依稀可见
万年台,故事依旧精彩
天然楼,谁的茶杯里还留有余香
谁在冶霞亭里举杯畅饮,
今夜,三河
我的挚爱是一句地地道道的吆喝
"小侠子,赶紧噢啊噢,
麻个还要起早上学呀"

秀美三河

高岳山

三河是一位水润的佳人
那水灵灵的眸子　顾盼生辉
丰乐河　杭埠河　是飘扬的裙裾
一个旋转
婀娜生姿　迷倒无数游客

三河是一张画卷　一张三河版的清明上河图
古朴的石桥　弓着身子
撑着厚重的历史
马头墙　迎风眺望熙来攘往的商贩
门前的灯笼　是每个三河人的喜悦神情

三河是一本厚重的书本　一本读不完的书籍
风掀开扉页　让你贪婪地翻阅
古色古香的韵味　酿成一壶米酒
鹊渚廊桥里再也听不到喜鹊的叫喳喳
美人靠上是一对对情侣　呢喃软语

三河是一首诗　一首战争史诗
吴楚之战的人欢马嘶 杳无踪迹
生锈的大炮似乎还在待命 只要英王一声令下
炮弹落到湘军的营地　炸得人仰马翻
大捷门巍然屹立　　记载着太平军的荣耀

三河是一个人文荟萃的地方　一个钟灵毓秀的宝地
孙立人　横刀立马
杨振宁　攀登科学顶峰
刘同兴隆庄　古戏楼　　众所周知
三县桥　古西街　闻名遐迩

三河是一首歌　一首让人百听不厌的古戏
万年台　小倒七　演绎着人间悲欢离合
戏如人生　人生如戏
蔡鸣凤　胡三姐　梁祝式的爱情 让人唏嘘
广场舞的激情又是如今幸福生活的迸发

三河是人心灵的栖息地　小南河媲美秦淮河
摇橹荡桨　你沉浸在江南的水乡
走街串巷　你行走在徽州大地
江北水乡三河　　不亚于周庄 不亚于同里
你是人间仙境　　不是天堂 胜似天堂

肥西的天空

翟营文

肥西的天空有一万年了
被万年寺的晨钟暮鼓呼喊旧了
被三条河的明亮晃出眼泪
在万年台上走一遭,人生的况味
就全出来了。有时天空
低到谭中河,低到物我两忘
在雨水中长出新芽
有时它在肥西更西的地方
伸出纯棉的手,抚摸
幸福和满足。
肥西的天空是有灵性的
在如火如荼的花事中祝福苍生
为每一朵花开用尽想象
有时天空就是肥西的另一条河流
或者另一条道路
引领者时光向上、向上……

那一年

李慧慧

那一年,这里鼓声阵阵
硝烟弥漫英雄与英雄对擂
空气里全是荷尔蒙写下的血液

那一年,他们穿着短衣和长裤
在这里写下了一段历史
结局悲壮
让人深思

那一年,这里红旗飘扬
有人打开了一扇窗
阳光透过层层的窗户
照耀了古城的每一块砖头

那一年,有一群人闻着二千多年的味道
在街上寻找自己家的姓氏
他们想看看那些尘封的往事

那一年，青石板泛着岁月赐予的光泽
水缸里流淌着外婆讲的故事
在台众巷在大南街
有一些地方似曾相识
好像谁在耳边讲过的场景

那一年，糯火酒弥漫着香气
水豆腐展露着温柔
有一群人在这里种下了新芽
那一年，开始了一段新的传奇

在三河古镇（外一首）

方　刚

古桥、古街、古屋、古城墙，再走一步
会不会成为古人？三河古镇蓄满旧时光
穿越前朝，我必有书生的前生
在某一扇寒窗下，遥望一张榜上的光芒
携带驼铃行走
三条河究竟含有多少水
一条水路通往江南
有秾丽的诗和轻柔的弦
有辞藻堆砌的春天
巷口，有没有花纸伞遮掩爱情
一枝杏花摇曳绯红的心事
乘坐乌篷船，梦潺潺而来
我的血脉泛起涛声

感受小井庄

幸福就是漂亮的小楼

打开门窗,阳光一起涌进来
幸福就是宽阔的路面
每一条都有光亮的出口
幸福就是热闹的广场
大妈们一遍一遍练习飞翔
幸福就是翻滚的稻浪
流下足够的汗水,就能淬出一抹金黄
小井庄是乡也是城
荡起重重叠叠的美丽
在纪念馆探寻农村改革的源头
我看到,一股潮
依然涌起巨大的浪涛

肥西这样爱

许军展

一

三河。水乡。
一个人的徘徊,一个人的雨乡。
青石板路通向悠长,
我,寻寻觅觅。
在古镇之中,在红尘之外。
撑着油纸伞,结着丁香般愁怨的姑娘。
等待。擦肩。回眸。
小桥。流水。人家。
佛说:百年修来同船渡。我与你,
因为擦肩的回眸,也有百年的修缘么?
哦,结着丁香般愁怨的姑娘。

二

久违的月亮躲在团云身后,
是羞涩,抑或等待。
请允许我在爱上你以后,爱上那座巢湖旁叫做肥西的小城。
爱上那桨声起处,每一个流水、人家。
爱上水豆腐的香和三河酒的情。
爱在淡淡的太阳,蒙蒙的烟雨。
曾爱,被爱。
是爱,是暖,
是一座小城的四月天。

三

夜色起。灯影,冒出闪光的水面。
几只鹭鸶在一条小木船上,拖着黄昏的影,懒洋洋的。
时间之手无意间留下一个美丽注脚。
在巢湖边走,完成了窗里人风景到街上人风景的跨越。
我不再徘徊,不再忧伤。
一个人与一座城,
因为,城里有那个人,
因为,有那个人的城。
我知道,遇上你,是我今生的缘。

你挥挥手,带走我一腔思念。
我挥挥手,带着你梦里转身。

三座桥

震 杳

三个桥孔,一为天,一为地,一为人
一为日,一为月,一为星
三生万物,息息不止
踏上它的人如走在浩浩荒野,如走在磊磊长街
从而有了一种悠悠的怅惘

同时,又是走在一条深幽的孔道
天地陡然收起
掸落了尘世的浩繁与喧嚣
唯有一簇光在前方
仿若无数的桃花正等在那里

一滴水

王兴伟

这一滴水,从巢湖上空飘来
硕大空明,草木都在润泽之中
努力长成,一本厚厚的典籍

这一滴水,打湿了蝴蝶翩翩的翅膀
蜜蜂的歌吟,从高处传来
擦亮眼睛,公园、小南河
都是漂亮的女子,等待你一世相约

这一滴水,仿佛回到前世
哒哒的马蹄排成,人世最悲壮的音乐
诞生英雄,也湮没英雄
山还是山,散轶的铁锈
使花朵更美

这一滴水,让鱼儿有了回归大海的梦
让蚂蚁,驾一朵祥云,飞得更高

这一滴水，晶莹，透亮
无边无界，无形无色

摆渡肥西

黄树新

两把桨
巧妙地推开千年的肥西
刘铭传也是你的客人

过河了
坐好
一两声招呼 一两声江淮官话 一两声乡情
爷爷
父亲
到你的手上　三代传承
责任
担当
被水朗诵　像爷爷水做成的皱纹
老成肥西的另一个传说

分不清是汗水还是雨水
你的脸上

插图我们的手机
然后是微博
从此开始我们的偶像

一只船
一个户籍
一个身份
时间不属于你　它形成了一天多少趟
像水一样给太阳让座
像水一样给月亮问候
亲切
善良

新娘
让你摆渡
幸福的生活从这一边嫁到了另一边
岸接受容纳

三河古镇
一半上香文明
一半上香你你是扬州的另一尊活菩萨
江淮流域之间
像肥西的信仰
你的坚守
至高无上

亲爱的锚
拴住了你的亲爱的却步以及亲爱的湿润记忆
一只船上的时光
让个子不高的你
越来越丰富
与活着的历史招手

或者合肥新桥国际机场
或者合肥高铁南站
把肥西摆渡到让江淮流域倒影的小康生活

肥西的记忆

唐 龙

一

三河,三河,依然是大雾
鸡犬都屏息,偷听游人的脚步
轻轻地走呀,静静地看
深深地呼吸呀,默默地聆悟
猿鹤虫沙的呻吟,锈刀遗镞的幽诉
站在一个地方
选一条时空穿越的近路
雾渐渐消退,有阳光来眷顾
这历史的舞台
又揭开了新的幕布

二

今夜,我醉在肥西

不为光怪,也不为陆离
为那鱼腹中的尺素
为那梅枝上的相思
为那紫蓬山的喝彩
为那古埂岗的沉疑
还有这一碗,浓得化不开的凝碧
凝碧呀凝碧
请让我和朋友们
今夜都醉在肥西

三河古镇

周孟杰

巢湖之波再次垫高春天的脚尖
她把一缕芳香挂在古镇飞檐最高处
古镇这只沉睡的银器
风一遍遍把它擦拭出慈祥的亮度

古河石桥苍老而弯曲地怀想
一支远去的太平军马队,驮着旌旗、甲戈、花朵
消失进风雨的帘幕
炮台把寂静留下,把轰鸣留进褪色光阴
古城墙一角,依稀长出
花蕾的新梦,遍野花香的翅膀

我站在古街上
听一声鸟鸣唤醒远寺的钟声
我喊着内心的汹涌
与潮湿的泪水
古镇,这个年老的祖母

一朵祥云与小镇缠绕
一湖圣水与小镇相拥
她有永恒的慈悲，心善与好命

望湖楼上

贾幸田

多少梦想从山峦水湄里走来
三河镇的廊桥,大堰湾的山色
跟着银鱼从远方浮起来

眺望,千里渡江
惊天动地的英勇呐喊,孕育着
一弯圆月的美满

我们各有一种
无法展开的情怀。也不要
在西庐寺故作淡然

让青春与梦想燃烧吧
穿过望湖楼晨钟暮鼓
就是我们扬帆起航的祝福

不变的年味

张 炯

几杯老酒醉在当年
时间　分析着过往
雪　还是那么的白
可能是冷的原故
吃不出记忆中的肉香

风　似乎长大了许多
抽刮稻草房的性格
收敛得不再放弃
试问　城市楼宇间的喜鹊
家在何方
是否　把心留在巢中
孤独　守望着归来的喜庆

一首老歌
咀嚼着年的味道
开着宝马　奔驰的爷娘们

到是炫耀起
那年学会自行车的神气
泥巴支起的锅灶
一排稚嫩的眼神围着
年轻的妈妈
数落着
大块肉堵住了一张张馋嘴

过年祭祖的习俗
传承中华孝道美德
又是一年
儿时的玩伴不期相遇
印象中的老屋
面目全非
长满苔藓的那口老井
见不着身影的修长
恐高的老妈
触景生情　念道
过去的老屋好啊
夏天不热
冬天不冷

常说　爆竹声声辞旧岁
不变的是　每逢过年
老爸都写的那副对联
"虽无山海味
常有鸡鱼香"

我和三河有个约会

倪世正

儿时，三河你就是那青青草原
当一骑战马飞驰
从路边玩耍的孩子旁一擦而过
瞬间点燃那心中
对远方梦想的渴望
那追随的视线被牵引的很长很长……

端坐在春天明亮的课堂
打开历史教科书
那刀光剑影
十面埋伏的古战场
好一位气宇轩昂的陈英王
从此，投笔从戎的种子
在少年的心中萌芽疯长……

绿色军营号角嘹亮
在异乡，三河

你就是那天边的弯弯的月亮
站岗放哨,
一低头,就能感受到三河米饺的滚烫
摘一片香山的红叶为笺
寄一段云水的相思
三河的小船
载不动这几多几多的乡愁……

亲亲,我的三河
今天你披上一袭五Ａ的七彩羽衣
跳一曲古韵的桑巴霓裳
恰恰的节奏清脆
激荡四面八方
有多少游人如织的脚步
在油亮的青石板上踢踏伴奏
与你一起脉动交响……

亲亲,我的三河
在这个明媚的春天
将带着我的孩子
我们全家将会乘上快乐大巴
向你奔去
去拥抱那朝阳下的
十里画廊……

三河,很远很远

你从五千年的鹊渚袅袅走来
蒹葭苍苍,白露为霜……
三河,很近很近
你日日夜夜不停地
在你我的心间流淌……

在三河古镇

林风华

三河古镇,离尘世很远
黛瓦灰墙占据整片天空
碧色藤蔓拉长细细的盐巷
小南河边,桃花固守着春光
我的造访,不急不缓

望月桥已经老迈
再没有词语匹配它的宁静
只有风摇曳着蔷薇花影
只有带不走的流水之声
月光覆盖青石板的旧事
或遗忘,或探寻,擦肩而过

我想,我能读懂这古镇
旧庭院,适宜翻阅书香
回廊边的美人靠早已迟暮
旧茶楼婆娑的竹影,美到心疼

我看见的青花瓷已寂寞百年
像一抹天青色等烟云
像窗棂雕花,痴等暗香

孔明灯点亮了水天
依然看不见余生茫茫
但我分明听见前世的雨水
款款而来,将暮春唱到尾声
在三河古镇,我不是过客,是归人

沉睡在古埂村庄的月光

孙建伟

伴着燕子的呢喃
我在雨中走了千年
在那棵榕树下低头
找寻你燃烧的薪火
不灭的青烟

双手合十
祈福树上挂满了相思
遇见你
五百年前佛祖的预言
响起在我耳畔
从暮色深处走来
先辈的舞姿凌乱而自然

循着台阶
我慢慢向你靠近
一块黄泥

烧出了多少隽永的诗篇

那载满历史的车轮
在你身上留下了或深或浅的印记
被你熔入火中
紧紧温存

花开了又败
尘世的兴与衰
你用一抔土
一捆柴
掩埋进那厚厚尘埃

捡拾起那破碎的红陶碎片
月光在流传
古巷被落日镂空
难以触摸你堆砌在青砖上的音容

我轻轻地走开
怕把你碰碎
更怕一不小心
怕把你吵醒

走进三河

白春好

走进三河,
你会听到一首古老的歌谣:
鹊渚城的传说,
古城墙的碧草,
英王府的雄姿,
大捷门的礼炮,
还有那风铃叮当的望月阁和白云拥抱。

走进三河,
你会感受一种沉醉的心跳:
小南河的游船,
桃花岛的妖娆,
青石街的漫步,
踏不遍的古桥,
还有那"皖中商品走廊"的
老街正演绎着老商埠的情调。

走进三河,
你会品尝到别具一格的佳肴:
诚信菜的美誉,
"六大宴"的味道,
水乡人家的特色,
古镇风格的绝妙,
还有那脍炙人口的小炒、米饺和酥鸭元宝。

走进三河,
你会看见满河欢迎的波涛:
繁星似火的门灯,
民俗表演的花轿,
香醇爽口的米酒,
摇曳T台的旗袍,
还有那古色古香的万年台,
正演唱着庐剧小调。

古镇三河,
放飞着迷人的欢笑,
让天下游客魂牵梦绕。
水乡三河,
响彻着追梦的号角,
在新的征程轰鸣呼啸。

重读三河

王庆绪

一个和风依依的季节
我踩着古典的诗韵从紫蓬山下来
我看到一座小镇静静地卧在水流上
青石板如伸长的舌头,贪婪地舔舐着温柔的水波
天,蓝的充满禅意太阳,暖暖地洒下光辉
我听到,小镇在拔节骨骼铮铮

风,在我的骨缝里种下云彩
一滴水落下来,清新了我的眼
我看到,岁月积淀的财富和健康磅礴而来
一种古老而年轻的韵致贴切地进入我的呼吸
一波一波像翻滚的云

油纸伞,挂在屋檐下
将滴落的雨水化为诗情
三河,以诗的气度喂养福祉
用一枚枚鲜亮的音符

涵盖我们的生活

我大步往前走
前方有文人墨客等在路上

古埂岗的春天

王　琼

一

我踏着青石的节拍
穿过五千个春天来寻你
你的遥远和苍茫
你的雨水和烈焰
被时间嵌入风景如画的公园
如一棵古树绽放出柔美的花朵
每一朵都藏着隔世的香暖
满眼的锦绣中你是否结绳轻叹：
荷香又一次高过了歌声
那只陶耳罐上的鸟又一次啄破了
柿子树上红彤彤的秋天

二

一滴水而万物生

古派河清且涟漪

鱼群、荇菜、炊烟、稻穗

家园的梦被温柔地托起

葱茏的鸟鸣 五月的禾香

点亮了荒野的明灯

劳作的身影 原始的歌舞

踏响了农事的鼓点

一首古朴的埙曲

吹奏出大地的吟唱 天籁的绝响

泥土的芳香

擦过每一对相爱的影子

三

滔滔千年 转瞬而过

我的目光是一尾疼痛的鱼

从二月的雨水出发 和你一起

刀耕火种 种桑植麻

捧出陶罐里的火种、姓氏和谷粒

在青色的屋檐下聚居、歌唱、生息

越过二十四史的长卷

磨制石器的光芒
土与火的史诗
在风尘满布的册页上熠熠生辉

四

你的陶灶上依然煮着
质感的阳光 朦胧的圆月
温情的米粥 诗酒的田园
你的每一片桑叶
都长出一张美丽的绸
你的每一个多汁的早晨
都衍生着人间的爱
你的每一粒种子
都会在一场谷雨中醒来
我捧起你石质的心跳
看见了一路走来的
春天的绿芽

肥西,聆听大地最美的轻音

伍远朋

走向肥西
紫蓬山深情吟咏,凝而成章
绿草覆盖小径,无处不在的绿
是悠远的琴音,弥漫在每个角落
调制出肥西人独特的朴实秀逸

涌动的绿潮,水声弹唱
缥缈的云雾缠绕梦幻
温婉处,是多情女子的娇柔
转承起合,清凌凌
或瀑,或溪,或潭
轻吟水的长调

高挂的灯笼,是红彤的高原红
艳丽夺目的红里,三河古镇
藏着一连串,清脆的鸟鸣
风儿牵着露珠

绿的绿、红的红、粉的粉
青苔下的石阶，庇荫深处
留下一地如歌岁月

千年风雨做成的绸里的声
寺院的钟声，唤醒沉睡千年的树神
嫩绿的野草，带着幽幽的香
苦楮、青冈，新芽
时光握成细碎的鹅卵石
祈福幸福安康之路
在肥西的青山绿水间灿然开放

小桥流水

邓泽良

去肥西的路
被拱桥下流出的
深碧的水蜿蜒省略了

又是小桥流水人家
江南水乡美的神韵
放进中国诗书画的意境中
这会儿渲染淋漓尽致

那些旧时古典　诡谲的
传说　故事掉进碧水中
早已成涟漪消散

绵雨揉碎星星
在晃动的霓虹中
欸乃一声

远去了
那个摇橹的女子
令人心醉的背影

古埂遗址

贺建新

有谁,能真正懂得古埂遗址的艺术
有谁,能为古埂遗址做深刻精湛的研究
试想,从新石器时代以来的演变
那一件件依恋不舍的情结
那一只只精美红陶器表涂有红衣的图腾
首次发现新石器时代遗址的奇迹
就是一个最有力的浅析和佐证

古埂遗址,一段描绘古与今的历史缩影
古埂遗址,一曲吟唱美与舞的天籁之音
古埂遗址,一个吸纳日与月的金彩精灵
自然与艺术在这里延续
真美与真才在这里诞生

古埂遗址,这个普通的名字
在中华肥西的黑色土地上走出来
形成那美丽多彩的满天云锦

那生动的画卷
那灿烂的文彩
向世界诉说今天的风姿
缠绵和久远，淳朴与厚重

我多想在这里安个家

徽风铃

稻花香里听"凤落"传奇,
山水画前说古镇今往。
藤萝架下尝地道土菜,
近水宅前赏鹭飞鱼翔。
推窗览巢湖白帆点点,
提篮进果园衣袖沾香。
中秋节唢呐声声农家乐,
采莲季庐剧花腔真是个爽!
啊,我多想在"丰乐"安个家,
让我的生命融入第二个故乡!

弯弯古桥连起跨越千年的历史,
条条石径刻下多少名人华章。
万年台唱着数不尽的风雅颂,
羽毛扇摇出多少真爱的柔肠!
一碗米饺盛满浓浓年味,
米酒开坛百里弥漫馨香。

怀抱最美的"清明上河图"入眠,
心儿仍在小南河轻轻荡漾。
啊,我多想在"三河"安个家,
让我的生命融入第二个故乡!

万载风雨洗尽了灰色雾霾,
千年神功造就了名山一方。
每一块奇石蕴藏着禅意,
每一棵古树铭刻着沧桑。
脉脉流泉是最美的旋律,
缕缕清风吹绿了游人心房。
严冬走近你顿觉春天般温暖,
炎夏走进你便拥有宁静清凉。
啊,我多想在"紫蓬"安个家,
让我的生命融入第二个故乡!

无边的珍木掩映着徽派村庄,
满目奇花幻化成五彩波浪。
万株桂花香了大江南北,
千亩香樟编织了无季春光。
蜜蜂嗡嗡唱不完生活的甜美,
彩蝶纷飞扇起的风也是那么香。
在永远的蓝天下品茗对弈垂钓,
最美的是乡音在清唱。
啊,我多想在"三岗"安个家,
让我的生命融入第二个故乡!

家住紫蓬山

赖杨刚

趁我还年轻,浑身都是力气
我要在在紫蓬山中建一座小屋
坐南朝北,通风、向阳
稻草的屋顶,石头墙,木头窗子
不挂花眼的窗帘,不刷油漆
雕满鸡鸭,蜻蜓蝴蝶,莲莲有鱼
每天,我们都睡到自然醒
轻轻睁开眼,就能望见——
太阳爬上孔雀松,红了半边天

小院里,不打混凝土,只铺青石板
就算你光着脚,走来走去
脚步声很轻很轻,像微风,像细雨
像月光落在看家狗的尾巴上,那么小声
我不用竖起耳朵,也能听懂——
你的温柔,你的贤惠,你的表情
是我一个人能明白的,小小的悲喜

不砌围墙,甚至不竖篱笆
随随便便栽些核桃、杜仲、黄姜、野香椿
春天的时候,我们就在开花的树下
你缝补一家人的旧衣服,我读几本喜欢的古书
风一吹,花瓣就落满针钱,我的方言土语
也和上了花香,飘得很远很远

建好了小屋,我们这辈子就留在紫蓬山
哪儿都不去,让生活围着小屋打转转
天气好的时候,我俩劈柴,喂猪,晒谷子
去田地里薅草摘西红柿
忙完了农活,我们就手挽手,摇着羽毛扇
逛逛白云寺、仙人湖、刘老圩、小梁岗
逛累了,就靠着蟾蜍石坐下
互相捶捶背,揉揉肩
天气不好的时候,我俩就……
算了,肥西就没有天气不好的时候

亲爱的,紫蓬山的溪水多么清亮
我们的爱就多么生态,听——
每一朵野花,每一株草
每一棵果树、每一亩蔬菜庄稼
甚至每一块水豆腐,每一个馍馍
每一碗红烧老母鸡,银鱼白米虾一锅鲜
都在喊我们的名字,香香的,暖暖的
生生世世

哦　凤落的小巷

周太潮

一个兔子　耳朵上挂着一抹晚霞
风一样的　溜进一个小巷
像桂花树上
飘落的一枚凤羽
静静的碓窝
透着糯米香
一辆风车　在墙角做梦
天女散花　稻谷飞扬
压井边　一个老太太　在搓衣板上
揉碎了自己的青丝
门槛旁　一个老大爷
青春在烟斗里闪光
一个少年郎
吓慌了几只晚归的老母鸡
一块青石板
像爷爷的脊梁
一缕炊烟

我想起祖母的脸庞

高挂在屋檐下的几只咸鸭子

在回想着它们的童年

春天的凤落河 还有那场热烈的恋爱

院子里的几簇菊花

在想念去年的那只蜜蜂

一座古楼

曾经能看见巢湖的波光

那灰蒙蒙的窗户里

唐家小姐 曾在春风里梳妆

古楼下的菜地 曾是唐家的花园

左边收土豆的男人

像梵高画布上的角色

右边浅浅的一弯秋水

在等待着今晚的月亮

我看见斜坡上

疑似阿炳拉着琴弦

一少妇窃笑

那是向日葵 盘着豆角秧

哦 小巷

我想把你装进一个陶罐

酿成千年的米酒

再挥洒成这河两岸

成片的稻谷金黄

今夜 我想睡在这个小巷

我身上盖着凤凰的羽毛

我期待

梦见　采莲的姑娘

绣

孟令荣

凝精气神
结心茧
血脉喷张抽丝精到润泽
鼠标是梭针
织洁白云锦引五彩丝线
针线优雅行走
构一副大美肥西
派河作轴

拣出澄亮大红
绣省会市府比邻
有慈祥微笑
是春晨日光

亿万年巢湖不沧桑
升级版spa"河长制"
养护神采光鲜

三十万米霸气新围脖
派河大桥是佩

三河是巢湖嫁出的女儿
杭埠河 丰乐河 小南河是嫁妆
几千年文明洗涮始是长成
带 5A 凤冠霞帔
成景点大王爱妃
甩一甩长袖
抖落纷纷典籍韵致

紫蓬山 三岗 官亭汇南北奇葩
绿是画卷结实的底色
刺千娇百媚 姹紫嫣红于上
作肥西客厅地毯
张老圩 刘老圩 周老圩
枝繁叶茂
是乡愁和淮韵
结在毯上的钻

浅灰绣小九华西庐寺恢弘
金线挑大雄宝殿壮观
雁湾湖在紫蓬臂弯里清纯恬静
钟声湖水
洗涤灵魂衣衫

母亲把绣样藏进荷包
等待传承
我把画幅精心折好
嵌入志鉴
捋一捋及腰长发
等待你凝眸

你织我绣
你绣我织
多少辈多少人发力
成就了大肥西
物华天宝
水清天蓝

那一眼,肥西的容颜

陈伟松

走在了古镇的青石板上
街巷中风儿在游荡
我嗅到了姑娘的芬芳
破旧的楹联却还在墙上呼呼作响

望月桥就站在远方
垂柳随着风飘扬
像是掀起了盖头一般
水中也泛起了波浪

我想我爱上了雕梁画栋的雄壮
灰瓦白墙
那是岁月的模样
飞檐翘角里夹杂着历史的彷徨
路人无不驻足观望
欣赏这其中的,荡气回肠

耸立的紫蓬山

层峦叠嶂

古树上,红色的祈福带在风中凌乱

西庐寺也传来了佛经的吟唱

开始漫步闲逛

身子却开始在风中摇晃

不禁想把仙人湖当作驿站

默然长叹

好一番壮丽的景象

不可名状

肥西将我的心儿点亮

也让我铭记了,这里曾经的美好时光

散文诗卷

在肥西,我所有的爱都在蔓延(外一首)

张玉明

东经 116°40′52″,北纬 31°30′22″。

肥西像一枚纽扣静静地钉在安徽中部的青衫上。

谁的手指足够灵巧,解开这枚纽扣,就解开了一部县志的九曲流觞和宏大的历史篇章。

那从天空倾倒下来的雷霆风雨,依旧在起伏的丘陵上学着连绵的方言。

一开口,一个个肥西人的形象就像田里的庄稼一样,日日挺拔。

而他们的骨子里一定背负着什么,要不然如何从商周一直摸着农历走到现在?

在这座小小的城里,我像风一样搬动自己的身影——

看见,丰乐河挎着两肩的炊烟,在黄昏洗尽所有的鸟鸣。

一切的小打小闹都将被月光收藏。

听见,淮军扛着晚清的江山在急行军,呐喊。

一个王朝的落败,不是一些勇士用冲锋陷阵和血肉拳头就能修补得了。但来自江淮平原的汉子们，仍在坚守一个军人，铁的信仰。

历史排冰远去。大潜山下，我接受现实向我推来的新气象新活力。

大湖名城，创新高地。一座座拔地而起的高楼，一间间崭新的厂房，一条条修整一新的河流，在奔涌肥西人创作美好生活的热情。

合九、宁西、合武铁路，合宁、合芜、合界、合叶高速，这些不是路，是携带肥西人腾飞的巨龙。

作为一种怀念，夜空下，我总是想起母亲在厨房里忙碌的身影，以及陶罐里小火慢炖的肥西老母鸡。

用鼻子一闻，一首透亮清香的诗句便扑面而来。

沿着这些排列整齐的句读，我火热的渴望以亲吻的方式抵达，一个阳光明媚的春天。

而黑暗里，我并不担心迷失脚底的方向。

因为，巢湖明珠已在我的内心荡来所有的道路。甚至伴有湿漉漉的涛声……

三河古镇，我想在你如水的怀里沉沉睡去

河抬来的古镇！走进你，就走进了一幅水染的画卷。

画里我是个收藏的人，收藏你的古色古香，收藏你的飞檐翘角雕梁画栋，收藏你迤逦徘徊的金莲。

你如一阕宋词，将整个肥西婉约成一颗美人痣。引无

数人为之倾倒思念的步履。

　　走在古街，我的脚步轻轻，数着一块块青石板，数着一个个远去的日子。

　　阳光摊在马头墙上，侧耳倾听，一丝丝马的嘶鸣便从青瓦白墙间溢出。

　　悠长悠长的小巷，在一个人的背影里摇晃千年的向往和期许。

　　而水在古桥下静静地流淌，倒映慢时光存储的镜头。

　　那千丝万缕的柳条宛若一把被谁施了魔法的梳子，梳来一叶叶小舟，梳来四季分明的情怀。

　　小南河的码头还在，只是，我浣衣的美人，如今，在哪？

　　等待，在一尾鱼的游弋中漾开……

　　古圩、古居、古茶楼、古战场——被风的手指扣醒，但此时，我却只想在你如水的怀里沉沉睡去。

风雅肥西

林　丽

一

肥西，肥西，怀揣着把山水文化做大做强的高崇梦想
审时度势的春风辞，一再策马加鞭
整枝修叶的利剪，剪裁一段诗意与风雅。水灵入驻

文明家园画美城乡，撩开光影肥西顾盼生辉的面纱
以樱花桃花油菜花的燃情铺满紫蓬山老母鸡家园风景长廊
霓裳羽衣，当杨柳风吹情巢湖水，心手相依
天籁弦音，将美一再复制的时辰，怀旧诱引
踩在颂词与乡愁交叠的脉络上梳理细节。沿着唐诗宋词的韵脚
落满尘烟的祥光，吹开我体内的浮躁和不安
喊出一片蓝，放逐禅心。与一只蝴蝶或蜜蜂
用短笛的表达，悠悠楔入一场盛宴。从心爱上

三河古镇，刘铭传故居，香草农庄，堰湾休闲山庄
肥西绿色之恋，奇花异卉芳韵留香簇拥招摇的呢喃
一派葳蕤和着粒粒轻掠若梦的鸟鸣，幻化成斑斓的音符
启开一扇沉淀千年，润泽厚重的，春天的大门
强县创文的号角和生态旅游旋风一块苏醒了。苏醒在纷至沓来的屐痕里

二

光、热、水资源开发建设，城乡一体化
产业集聚区，现代农业示范区，特色旅游景观区
统筹，提炼一个城区的内涵。情牵肥西，建设者用勤劳智慧的双手铸造永久的光芒，描绘古城新姿盛美蓝图，风吹巢湖明珠

我是乡愁丝缕羁绊住的那只候鸟吗？
圣洁梵音，轻而易举便为我解了穴打通了血脉。我放开了手脚
打开善良的翅膀。聆听山水之音与生态，与浪漫主题公园生态农庄
体育健身，休闲娱乐，商贸物流，与肥西新城经济发展战略心血一道潮涌
一柄长笛，以庐剧的抒情方式自史书里悠扬，浑厚
晖光普照，照见绿色之州的自由和快乐

涉水行吟的探访横生出翱翔的希冀。于春天起航
在江淮，在淝水一滴水珠里琢磨花木之乡的随意闪光点
在一朵香樟花靥里聆听阳晖跨世纪的浅唱低吟
蓦然回首时，一截桃花已悄然爬上那段古色古香的门楼
高瞻远瞩抑或俯首观望，开拓进取
一溜生态的字眼缀满今天肥西大手挥就的新篇章
脚下的泥土，每抓一把都会攥出血和泪来
蒸腾若梦冲积平原泉群湿地佛眼，是谁把颂歌吟唱？

三

风雅肥西，你的美妙与智慧俘获了许多微笑
你独自在一种经典处前行，蛰伏。落脚点无不暗藏玄机
放下或开启。水韵名城，城、水、人、绿、文，和谐统一，幽深地为我解读
行走的风景以低沉音调和着梵曲昭示重量，然后泼墨渲染
禅悟净心一衣带水的些许角落，温柔乡里幸福的故事
我心里顿存阵阵感激和歌唱。再一次期待，记忆深处那一声春之序曲的喧响

淮军故里，古埂岗遗址，三河大捷遗迹的功绩碑铭隐去岁月的光华
却高贵。每一回触碰，都能碰撞出先人手心里的霞彩
温泉度假，茶旅一体，田园小镇，观光绿道，抑或三河水豆腐，有风搁浅往事

油菜花海的一角被风吹褶成一首首轻灵的小诗
琥珀般透明。让我一直走在天堂的路上

清泉俯首贴心,轻歌曼舞。与万木参天,着翠绿长衫
之人,若比邻
一道煮水烹茶,谈古论今。亮出生命本真

文明肥西,根植在江淮平原,在淝水之滨的一朵奇葩
闻着花香,便能听见鸟语,听见飞瀑流泉
听见巢湖明珠,听见母亲河的呼吸与心跳,放飞情愫

古典抒情

张　恒

一座山，因飘逸三国魏将李典的衣袂而得名，于是，穿越时空的古典意蕴在峪中丛生。

时光，在奇石碎花中苍瘦。千年枝柯，掩映不住，紫气氤氲的山峦。拔地而起的柱石，以旗帜的峥嵘与柔美，诠释皖中独秀的内涵。

弥撒的雾岚，在绿色中编织，森林与所在空间的非生物环境构成完整生态系统。纯林古松，一枝一叶叩响胡笳十八拍的音律；红桦调色，一抹一涂漂移着美人水润的容颜。落入颈项的一滴松间水，一如绿茗般甘冽清醇，思维里流淌陆羽《茶经》的芬芳。

蘸一抹洗砚池的墨，运笔文昌阁。聆听周瑜读书之朗朗庐调，看百鸟静默。

山，比人心从容。以草木作隐喻，在悬崖，在断壁，给凌空栈道写一首绝句。

触摸古藤和劲草的胎记，解开生命岁月的情结。在紫蓬山，唱一首九曲弦歌，感受大自然生态王国的古典之韵。

颂词：肥西

温勇智

1

打开肥西，打开淮夷之地的歌咏。

返回千年的淝水之西，撷一朵浪花，聆听诗经里的歌咏。

月吟虫鸣。山长水阔。一枚枚鲜妍的词语，从汉语中的天穹散落，随风曼舞。

灯火阑珊，不眠的肥西打开时光的书简，澎湃的心跳，仿佛诗意的交响，一次又一次叩响历史的记忆。

多少次，在水面的开阔处，浣衣的皖女弯腰戏水，一河闪着爱情的波光，点亮了往来商贾的渴望，一竿夕阳把游弋的几枚词语，譬如大潜山，譬如圆通山，譬如紫蓬山，譬如鹊渚，譬如西庐寺，譬如古埂岗，譬如三县桥，譬如唐五房圩转心楼，譬如清真寺……这些唯美的颂词都朝着诗经的来路和去路，用匪夷所思的方式，抵达极致，抵达幸福，和欢乐的歌吟。

沿着抑扬顿挫、平平仄仄的韵律，走进肥西。这里的每一棵树,每一茎草,每一朵花,每一滴水,每一块石,每一只鸟,每一个人,甚至天上的云,和缓缓流动的空气,都含着诗经的韵脚,所有的律动都朝着诗经的方向拔节,把一块土地的春夏秋冬,葳蕤成诗意。目光企及之处,遍布的是风雅颂或赋比兴。

花与树的缠绵,云与雾的交融,鸟与水的交响,人与自然的和谐,无处不是禅境和诗意。

我呼吸轻轻,脚步缓缓,害怕一不小心,会打扰肥西的清静。

我在想象的爱情界,聆听肥西起伏的气流,认定一生的最恋。幽静与澄明的感召,不知不觉,已坠入肥西的葳蕤,我今生心灵的皈依。

我的目光,在肥西的每一片叶里或根里安详。乡村田园,是那么新颖、绚美、真实和野趣;城市之上,群鸟在飞翔,把蓝天也打造成生态模样。

我遇到每个人,他们气定神闲地朝我含笑点头,我看见一对对情侣,相挽而行,幸福甜美。一方水土的醇,弥漫着幻梦和柔情。

大美肥西,正从诗经里盛开,在时光的轮回处,呼吸吐纳。

岁月安好,生命静美。

2

此刻,我正溯流而上。

水清且涟漪,浸染两岸无边的秀色,泽润两岸纵情的笑语。有股潜在的底蕴，压住喧闹的光，在迷途里，也不熄灭的九里春光。

大美肥西，我可以在你的紫蓬山用佛的名义，深爱你吗？佛园，鸠摩罗什，三世大佛，弥勒佛和五百罗汉佛光着你，和我，蓄满的深情与挚爱总在不经意间打开。

我可以在你的小南河畔用冶霞亭的名义，赞美你吗？"陶冶情操""沐浴晚霞"，包拯的清正廉洁长驻百姓心间。

我可以在你的山南小井庄用瓜果花草的名义，描绘你吗？大自然的芬芳风韵，氤氲了诗意的经纬。

如果可以，我想高声诵读这些雅美。我的声音虽有些喑哑，但不乏真诚。

我想诵读你春天的碧绿，夏天的苍翠，秋天的金黄，和冬天的肃寂；

诵读你蓝蓝的天空，绿绿的大地，碧碧的浪花，和红红的旭日；

诵读你秀美的林石，水色的波光，点点的鱼帆，竞飞的白鹭；

诵读你殿宇恢宏的西庐寺，璀璨的大堰湾，停脚休憩的古娱坊，游子眷恋的仙归桥；

诵读你挂满彩灯的街衢，和黄发垂髫的乡间——

秀外慧中的肥西啊，我爱你的一切，包括前世，今生，和来世。

轻轻地，轻轻地，我打开肥西的扉页，抑住火热的抒情和铭刻，在形式主义的圭臬中，完成神圣的叙述，写下诗意经纬里那颗最璀璨与幸福的颂词：肥西！

紫蓬山写意

杨从彪

肥西，鱼米之乡

在辽阔的山水诗画之城品味声声流韵，在清香的文明生态之城聆听彩色时光，在嫩美的河鲜里把开放之城细细品尝。

肥西的古城古镇古村古巷古色古香，肥西的古街古桥古宅古寺古名远播，独特的风土人情散发着绵绵的爽感。

没有污染的生态搅乱一河清澈的诗意，羊肉膘子汤更是味道佳美，馨香扑鼻，宜居宜业之城给这个世界勃勃生机。

喷香的风味小吃驰名海内外，把光荣镌刻在一代代人的记忆里，肥西的小桥、流水、人家绚丽了人间天堂。

护堤外，鱼塘依傍，流不完潺潺典故，几尾回游的鱼儿嬉戏浅水，喷洒万千碎银，站在大美的甑山黄山上，极目遥遥天宇。

河水玉带般飞扬在绿色沃野飘向遥远，我知道，星月早已为它点亮了神秘的眼睛,百姓笑观桃花消瘦、粉蝶儿纷飞。

鹭点烟汀,日敛红岚,竿向绿川,我流连在这令人向往的鱼米之乡,把美好的梦想一个个变成现实。

紫蓬山

像一颗绿色的巨大图钉,钉在肥西的史册上。

紫蓬山的景致折叠出来的春,和着一个个美好神奇的传说。

山上古柏作证,遗址渴极思饮。和着自然资源得天独厚的茂盛。

在紫蓬山嫩绿所覆盖的生长中成熟了。

成熟了,肥西儿女山一样的尊严,慧和勇敢筑起生态长城。

峭立的坚强塑造昂扬的性格。

挺拔的威武炽热的心灵展览肥西人改天换地的豪气。

紫蓬山所记录的伟力,劲风所点亮的红星,善良所馈赠的温情,清泉所流溢的诗画……

谁能采得完它的含蓄和深意呢?

肥西小井庄

平畴无垠,屋舍棋布,鬼斧神工,坦坦荡荡阅读大自然的伟大杰作。

披一片朝霞,最美肥西小井庄静静地摇瘦黄花。

泉水叮咚，燃烧熊熊激情，野芳幽香以知己的身份涌来。

小井庄人率先实行了包产到户，拉开中国农村改革的序幕。小井庄是改革发祥地，生态农业区，旅游观光点，小康文明村。

探访小井庄，方知小井水深；探访源头，方知源头壮观。

校正新古典的走向，温暖了花外心事，嫩尖挑一枚桃红，丢入彳亍脚印。

耀眼的欢笑绽蕊在小井庄人的眉梢。

翠绿洗圆朝阳，一瓣彩霞充满魅力，还原完整的美丽，灌醉美色。

我的目光长满葱郁的渴望，为小井庄的历史称道，众芳摇奇妍，占尽风流。

一块翡翠，碧水洗晓月，沟壑红叶染春绿，疏影横斜生态名片，是肥西的代名词。

田地林网水清浅，果树油松满目翠。暗香浮动水坝鱼塘，护绕天然植物园。

小井庄，唱响肥西主旋律。

肥西四季

钟志红

春·花海听韵

樱花的洁净、桃花的羞赧、海棠的含蓄和紫薇的喷薄,大写着肥西春天的繁体。

娇小柔美的花儿,成双成对,成群成片,或假寐在巢湖水畔,或蜷伏在紫蓬山涧。远远望去,千年古村镇录音花开的颤音,老母鸡家园收藏花香的不息。

姿态丰腴的花儿,可是从花木水乡碧绿的缝隙漾出,还是从名城大湖的暖意显身,它们就是那么欢天喜地地唤醒春的梦境,把一抹抹缤纷的色彩,布景于肥西的山山水水。

无论是花蕾的初开,还是花香的留足,邀来流水的跫音、驮来山颠的云雾,让你走出蜷冬的薄凉、祛去心尖的冷霜,与翠鸟同啾、与嫩绿为伍,再扬感恩生活的风帆,饱满和执着地昂首挺胸!

静听花海的窃语,感悟生命的热烈,接地气的澎湃,让你体味接见美丽的喜悦;近看花的写真,认知热土的恬静,主旋律的绕梁,让你感怀置身肥西这片热土的幸喜……

夏·荡舟留声

是紫蓬山翠玉的恬静,还是大堰湾涟漪的召唤?浪遏飞舟,挥桨击水,近在咫尺的银浪接踵起伏,只觉得山林倒置入怀,安家不离。

一次次让你身不由己地穿梭游弋,或闲情逸致遐思自由,或惊心动魄贲张血脉——容不得你感叹在大自然面前的渺小,再是如雷的吼声最终融入浪花的气若悬丝。

垂钓湖畔,这是一种甘霖般的抚慰;漂过湖面,裸露真实的细致和悠闲的浪漫。刹那间,熨平你比波涛还起伏的心,让人们认定它所膜拜的不是某位伟人和英雄,恰恰就是在惊魂未定时,一位面带微笑的从容者,向你姗姗走来……

夏天的烈火,灼人的高温,褪不尽勇者的气节;投目眺望,绿色紧裹的湖畔,山峦绣枕着天然的色泽,似乎挑逗性感十足的湖光山色。

经历大堰湾荡舟,深谙暑中炽烈的拍浪声,不仅的凉爽所能诠释。大堰湾与水亲密,那种置身于湖阔天空的体味,定在记忆里划过一抹光鲜的亮彩,在人生中平添精彩的瞬间,永生不忘。

秋·枫叶画情

肥西秋色,枫叶主演。

捉不住的秋风，采撷肥西的枫叶，那依然决然的执拗，往往撒落下莞尔的柔情，有心把天与地衔接的故意。谁会把枫叶当着残叶，谁又会忽视它讲述童话的诚意？只是一枚螺旋般飞降的叶片，导演这个世界的风情。

小叶红枫，银杏飞彩，那一片片自由栖下的精灵，捎来云朵的垂爱、晚霞的问安，满怀溪流的清澈、山峦的伟岸，把一脉脉秋波尽情披在大潜山、三河水的心灵！

依身伴足，可是不舍的寄情；与君相拥，可是示爱的深情。你能忽略流丹光溢彩的暧昧，却无法忽视彩叶映水、枫情衬山的点睛……

不与牡丹比富贵，不同翠竹攀雅致，不求兰花的幽情，不望苍松的挺劲，枫叶以绛红、鹅黄、翠绿的行板，编织山歌回荡的音曲。

落足肥西秋天的山水，时时让你不忍踩碎枫叶的痴情。吟诵"晓来谁染枫林醉"的诗赋，岂止是唐太宗一时兴致的滥情？

触摸肥西枫叶，依偎在秋实的殷实，承载滋养土地的使命，让你滋养思想鲜活的主题，书法枫飘入醉的不老和立体。

冬·巢湖托月

巢湖的暖意，可是月光赠冬的殷勤？

寂静，月明，成就巢湖这一组鲜活的三维体。霜天摇曳着草木的助威，升腾的氤氲伸展涟漪的半径，究竟是冬风吐纳了温婉的暖意，还是水镜倒映了月光的表情？

避寒的温床，承载不僵的情意，可有多少花前月下的誓言，在这里扎根发芽，可有几许山盟海誓的对歌，在这里迸发回荡？

枕在湖面的月亮，揭去了羞涩的袈裟。只听孩子的笑声，从清澈的眼底驶离，在巢湖涂鸦一颗七彩的荧灯；忙把月亮擦亮的男女，在此合影人杰地灵的祈福，重拾遗弃的童年，重温月下乡愁的细节。

月光如水，巢湖似镜。浩渺烟波的五线谱，暖融如春的主题曲，宛如枝头泛绿的招展，鱼虾游弋的身影，古树怀旧的情结，合奏一首配乐诗朗诵的新曲……

经线，游人的足迹；纬线，巢湖的波澜——你仿佛听到一曲肥西小调，拔高曼妙的等高线；身临其境于这颗地域的名词，如何演绎肥西动词的立体。

肥西四季，滴水藏海。纵情恋上肥西城，从心爱上肥西人。

向老天借一个词

陆 承

我唤你的名字,肥西,在丰润的肌肤上雕琢下斑斓与微笑。

我唤你的青春,西乡,在合肥的版图上领受的静雅与辽远。

对一个词的解读,充满歧义或热爱。

这是以肥组词系列里,最温情最宽广的脚注。

关乎典籍,关乎江淮的驰骋与虚无,那些飘荡在空气里的历史与铭记。

我翻阅一本书,肥西词典,肥西诗章,肥西之光,或交错的影像,在簇新的幕布上缓缓浮现。

我编纂一册诗,以平仄、音律、民生、朴实串联,介于唐诗宋词之间,独属于我的诗,却不仅仅属于肥西和1961平方公里的婉约与豪迈。

关于一个词的遐思,诗情与画意兼得,虚无与素描并行。

在肥西，风吹万物，清明上河图般的画卷徐徐铺开。

花之上，梦之上，我吟咏空旷的雨水，在淝水里汇合成磅礴的旋律。

开始熟悉的场景，带着陌生的气息，渲染决绝的战栗。

向天暂借你的名讳，肥西，在大地的深处书写坚固与辉煌。

虚构一段旅途，在皖中，在巢湖的氤氲里，淡然穿行，不留忧伤。

向老天借一个美好的词汇，肥西，在自我的阐释里释放芬芳。

丰乐篇

解红光

一

于秋的深处,我们踏上了丰乐大地,融入了立体画卷。丰乐河,贯穿全境,生动一方土地,养育芸芸生灵。丰乐镇,地是肥沃的,是鱼米之乡的样板,三两台收割机,轰鸣着奔向前方,铺开了秋歌的韵脚。丰乐河,水是清澈的,是巢湖活水的源头,几条搁浅的货船,等待着春风化雨,水涨船起。丰乐桥,恰似一支长笛,横吹出别样的风情,牵成与邻县的桩桩姻缘。曾经的水灾,经历年的修筑,早已成为历史的记忆。

丰乐,原意"凤落",当之无愧。丰乐,在水一方,勾勒唐诗宋词,让古典的韵致在水乡奔放;那种恰到好处的水乡景致,是否点亮所有人的目光?面对诗意的码头,找不见尘世的忧愁,瞬间的空阔里,分不清岸南与岸北。粼粼的波浪,把神话植入灵魂,丰乐八景,诗意水乡,地丰人乐。

二

鲤鱼窝，原来的沼泽不毛之地，如今的人心向往之邦。鲤鱼窝，不敢说，读懂你，不敢说，走进你，却敢说：无法忘记你。天空是背景，大地是舞台，任万物显摆。今天的鲤鱼窝，风生水起，天地开合，稻浪环抱村庄，绿树掩映船桨，秋水共长天一色，金黄与墨绿同享。收割机与渔歌联袂，平平仄仄，烘托出深秋的主题，呼唤着冬雪的盛开。石板水跳上，村妇的水袖，"啪"的一声甩出了幸福的涟漪。枫叶鼓掌，为稻谷、棉花、山芋的成熟。兀自独立，会舒出一口长气，天穹的碧蓝涤荡心房，来到生态丰乐，当心无意中醉氧。

琐碎的生活，累积成岁月。我瞥见瓦屋里那盏吊灯。屋檐下的干椒、蒜籽，贴上冬的标签，随着风的节奏，跳着一曲又一曲摇摆舞。一畦青韭，两墙白菜，几串咸鱼，就是说不尽的幸福。把酒言欢，泗开了农家餐桌的情怀。丰乐，舌尖上的水乡，温暖的家园。

三

传统，现代，经济，文化，交织，叠加。

走上丰乐老街，拐进一条深巷。石板路并不平坦，偶见青石辙痕。一位老太手舞花节棍，练习传统"跑旱船"，我听见她手心花开的声音。路边满是时令鲜花，那龙爪菊，顺势匍匐减负，龇嘴笑着，村姑般不拘小节；一串红，就是人来疯，开成串串鞭炮；映山红，是否媒婆发髻上遗落的那朵？一把插在墙缝的旧蒲扇，一张四平八稳的雕花床，让人联想到主人的一世姻缘。巷内，一个中年女人，一丝不苟地修剪着盆盆罐罐里的枝桠，端详着花朵，聆听着花语。一巷寂寥，被花朵摇破。风，掀起我的衣裙。满地的秋叶，如片片金帆，斑斑的青苔，勾描着节令里寻常的诗韵，一字的雁阵，从头顶飞过。丰乐老街，守望，并不落伍，翻开老去的光阴页面，保持着真实的生活，永远不要成为日本的"玩偶村"。

四

一群人，用目光翻动着岁月。文化精神的开采，让我们欢乐前行。

丰乐，一本摊开的大书，适合众人一起阅读：董氏祠堂，纪念着淮军的仁人志士；屹立的古炮楼，由于岁月的动荡，已俯下了身姿，但他会一直眺望着浩淼的巢湖，苍茫的岁月里，繁华已去，而荣辱化诗，我们从裂开的砖缝间打探、揣测，他任风雨剥蚀，毫不动摇，哪怕剩下几根瘦骨，还在坚守着灵魂中一脉不变的真情，拾起荒芜的传统，千古流芳。历史见证：即使血雨腥风的日子，人们对生活也充满憧憬和向往。

丰乐，我用心来寻你，仔细阅读你，和了烟云，和了传说，发酵后逐渐沉淀，相信，你的一方水土，育出八方人文。

印象肥西（外一首）

张贵彬

在肥西，比三河水更长的是历史，比巢湖更大的是古战场，比大潜山更巍峨的是人文高度。

多少江淮人杰，皖中才俊，还在烟波浩渺的时间深处，依着气吞万里的胸襟，为这片中部崛起的热土壮魂。

金戈铁马的气象，须用时代的熔炉冶炼，用生态文明锻打，用济世苍生淬火，用善利万物开刃，养叫"肥西速度"的锐气。

张开工业强县和特色富民的双翼，让这片水土高翔远引，乘奔御风，每下振举，都是汇泻川流的福祉，每下翕动，都是好日子拔节的声音。

让天地至诚的情怀，在民生的诉求上开掘，口噙泥土的芬芳，把流转的四季，酿成动人的春色。

你们决计，用"惠民"的意象，把肥西濡染成诗画大美的长卷，从特色农业区到现代工业园，从经济高歌到文化再造，所有肥西元素，都透着肥西之美！之韵！之魅！

中国花木之乡

你们用花木摇曳之美,为中国中部润色。一枚芽苞,一个绿色王国,用呼之欲出的嫩芽尖一挑,即是"皖中翡翠"的惊艳。

让这片蒸腾的土地,以枝蔓的触角融入未来,抱紧世界,让她每片绿色梦境的编织,都有着与自然万物和谐融汇的流势。

花朵是朝天的喇叭,翠梗嫩叶,繁星样吹吹打打,一腔有一腔的波谷峰巅,一曲有一曲的高天阔土。

多么仁厚的水土?才能遍生风情的花木!它们在尘世的低处,养好看的腰身,水柔的叶。颀直秀挺的姿影,铺卷连天,成一派森繁浩大的造化。

在肥西,连空气都氤氲着浓郁的花香,上苍对这方热土的垂爱,从偎红倚翠开始,吸日月精华,养天地灵气。

你们决意要做大,成强,一枝独秀,要一蜚冲天,乘着大风飞升,用一抹风华绝代的"肥西绿"为中原大地增色!

一场流星雨

何军雄

岁月把时光变短,一些刻在心上的记忆,都在肥西的土地上蔓延

日子是谁举过头顶的火把,照亮在肥西多情的诗篇上

行走在三河古镇现代文明的街道上,脚下的节奏韵味十足

走过四季的沧桑,走不出肥西美丽动人的视野和博大的胸怀

与历史相关联,和古老的民族相融合,肥西,生命里至高无上的敬畏

把所有感动的词语汇集,成今夜一场即将暴发的流星雨

播撒在肥西盛大的夜空,让寂静的夜空变白,让色彩艳丽的光芒自由抒发

抒发黑暗中最为急切的部分,把整个肥西推上荧幕,展示辉煌和魔力

钟声敲响的途中，万年禅寺的佛光在美丽的肥西上空普照

集结生机勃发的万物，喂养生灵的真爱和大善，经卷铺在肥西的大地上

一切与大爱有关的词语，都在今夜出发，书写成一篇壮美的诗篇

在华夏大地传唱，壮丽的肥西，把真情流露在世人面前

寂静的夜色中，肥西是星光照耀下的绝代佳人，借着月色

将柔情的内心向黑暗诉说，心灵的最好一抹红晕，被晨光泄露

一览无余的美景与色泽，把肥西故土难忘的情怀，一一记在心上

立成一块永不退色的石碑，耸立在肥西大地上，受世人敬仰

肥西把万年的沧桑书写，在古朴与现代文明的进程中，演绎成一部神话

如同佛教徒彻夜咏颂经卷，风竖起耳朵聆听，一只皈依的蚂蚁在墙角朝拜

山雀把肥西的春天叫醒，一副难描的图画在这里展现

肥西，以最深情的目光和胸怀，拥抱着每一位远方客人的肩膀

美丽的肥西，生命里至真至爱的亲人，乳汁喂养过的孩子

个个都在肥西这片肥沃的土地上生根、发芽、开花、结果

一场流星雨，播撒在肥西盛大的夜空，提升了世人心中的海拔

肥西，再一次刷新了我内心的记录和位置

肥西走笔

胡庆军

一

伴着那些远去的印记,谁向我们叙说大美肥西的前世今生、人文风貌。那些变迁、那些人文山水、名胜古迹在肥西人的目光里定格成风景,回忆或者回望,都点化成字里行间的印象又一遍又一遍地放映。

那些发自肺腑的热爱,闪烁着对肥西澎湃的情怀。品茗闲暇之余,那些对地跨江淮流域之间,临淝水之南,滨巢湖西岸的感悟,连缀成章演绎点点滴滴的情愫。

任凭一片火烧云以红得热烈的颜色遍布在四周,任凭一抹浓郁耀眼的风景附在目光的边缘,在肥西日新月异中寻觅那一幅幅壮美的画卷。

二

肥西人的汗水,把这片土地打造成一种时尚和辉煌,然后更深层次地剖析和诠释了魅力的内涵。

微风吹过,空气里会飘逸淡淡的花香,侧耳细听,那些人、那些事在一寸一寸感受季节的清澈与细微,然后在想象中质朴而雅致地静静盛开。

脚步从远古走来,水是也是圆润、容情的,目光企及的地方,大幕拉开,历史如流水一样,从商、周到东晋,从南北朝到当代,因位于淝水之西得名的城市,把所有的前尘往事,全都被笼罩在这浩浩茫茫的历史烟雨之中。

三

如今,就让我们一同感受肥西的盎然,让最纯净的文字与心情一起爽润,梦也有了飞动的姿势,一声呼唤也可以点染成生趣盎然。

翻阅苍古的时光,肥西把旧历的故事谱成肥西如今壮阔的乐章,让生命的原色唱响穿越时空,在履历了沧海桑田、风花雪月之后,在宏伟蓝图里留下层叠的痕迹。

那些愿望在肥西人的双手间、目光里熠熠发亮,当然,会有一声吆喝把你从想象中拉回来,忽然便是旖旎风光了,让那哒哒的马蹄声扣响心弦,让缤纷、斑斓,数不清的花儿相约着绽放。让那些俊美、清新就这样拥挤着、热闹着、毫无心机在阳光下灿烂着,然后占据你的心。

古镇里的咏叹调

张　威

古桥曲曲

水乡古镇的记忆,是耳边响起的橹声。

江淮水系,三条河流,就把你包围在,水的温柔之乡。青砖黛瓦的民居,换上了江南水乡的意境。

阁楼、碧水、古民居,晨雾缭绕中的小桥流水人家,行人和炊烟就是古镇一幅,淡淡的水墨画。

一座座古桥,以弯曲的深沉收拢,唐风宋雨。

"望月桥",开始丈量天上的,水里的,相映成趣的深度。一幅绝好的江南风景图,"望月阁"上,月光的圆舞曲,就和着水中的影动,刻入了禅境……

每一座桥都源于水,活于水。横跨小南河的"三县桥",把古镇的沧桑,尽收眼底。

每一座桥的剪影都是我亲手裁成,印证水乡的灵气。

"鹊渚廊桥",有情人若从桥上走过,爱情就会,天长地久!

古韵长长

依次铺开，排列，八卦形街巷。

三河古镇，影子安静，混合着灰色的影子。万年台，一人站在古色古香的舞台，将虚拟，变为等同。

用长长的古韵，向南方打听，一个姓蔡的青年和柳姓女子，一段缠绵的爱情故事。庐剧《小辞店》里的拉魂腔，爱情与想象，一半给了你，一半就给了三河古镇。

店铺林立的富贵地。古娱坊里的色和色，肉体的影子，梳妆台上的镜面，已凌乱的斑驳。花团锦簇的温柔乡里，面部的表情，只留下，时间的差异。

"一人巷"，寂静窄窄长长。杨振宁炯炯目光，依然赤子丹心，根留此处。

飞檐木窗，黑瓦白墙。"皖中商品走廊"的黄金水道，山墙的影子，屋檐的影子，倒流时光。

八角玲珑挂灯，悬挂于门楣之上。坐拥，古风神韵。

古味浓浓

以记忆做铺垫，汇聚三河美食。

在古老的民居中，寻常巷陌里，恬静悠然的慢生活里，隐藏着返璞归真，松弛与闲适。

置一杯米酒，用"三河酥鸭"组成香气的潮汐。"中和祥"，"焦切玉带"的橡头，挤进了小桥流水人家。原汁原味的"豆腐面鱼汤"里,就有了香且益清的惬意。

是谁把味蕾兜售?水乡风韵,没有浮夸的景物。最不舍的是,三河的美食。一湖澄明的"米粉虾",让你有了无穷尽的回味。

空中弥香。"三河马蹄酥",茶泡三盏正好。一箸"三河小米饺",味道很美!

"十大舍不得"的小调,细听更有滋味。

肥西之恋

唐海林

三河古镇

一群农具,在老屋疗伤。一栋栋徽派建筑,在古镇肆意林立。

碎裂的鸟声,三河古镇——从历史深处走出来,与她的造型一样,水墨浸染,一颦一笑,带着诗意的绽放,开艳了肥西。

一人巷,黄金一样的鱼群,澎湃着肥水;古城垣,玉盘一样的月光,塞满了天空。这一片广袤的大地,从远古穿越到现实,只有阳光钉在一匹马的蹄掌之上,和我一起叩向远方……

三县桥与鹊渚廊桥,时间的车辐,一叶跟着一叶,载着水、转下去,又传上来,我惊讶时光的匆匆。因为,岁月的沧桑,总是含着变迁的酸涩,在行走的字里行间,不经意就激荡起灵魂的力量!

来也匆匆、去也匆匆,三河古镇:自被无数旅人的思念装进行囊，此后，就成为一种神话，在梦境中若隐若现。

红尘中，三河古镇魅力依然！

人文肥西

曾经，一缕三国的风把你吹干；曾经，一抹宋金的云把你融贯。紫蓬山的风骨，在你的血脉中奔涌、积淀；金河水的妩媚，潺潺绕大圩而过，日思月念，让人开始追忆过往。

遥望峥嵘岁月，此刻：马蹄声渐远，驼铃声渐近。

乡愁里的肥西，轻轻布下墨香的文字，把满腹的诗绪洒遍山岗。

天与地，反射光芒。燃起的烽火，在史书中徐徐铺开。古镇的守望者，天空以最纯的蓝，打开那一道霞光。一卷烟，就天高云淡；一道水，能海阔天空。诵读合肥卷首，展望昨天、今天、与明天：

这黄金的封面上，大写的人文肥西，每一次回眸，我的眼前皆为一片光明。每一次仰望，你都是我们一生的荣耀。

途经你的怀抱，我唯有祝愿：肥西明天会更加美好！

淮军故里

东依巢湖明珠，南拥千年古镇，中枕葱翠的紫蓬山等，百强肥西，诗意飞翔——这里才是大片、大片，心灵栖息的牧场。

作为淮军故里：我曾在一场梦中，导演了三河大捷。

我更是在一场梦境中，苏醒了淮军的摇篮。世事的变迁真是太快，攻破太平天国的城堡，我的良心和道义，让我临危担当起匡扶社稷的重任。

山河破碎，沿着海峡一个急转弯，我的祖先唐定奎从徐州开拔，曾在紧要关头不战而屈人之兵，保全台湾，扬淮军之英明。肥西多英豪，甲午战争、抗日战争，刘铭传等名将，更是让抗日打磨起淮军的苔痕，星星之火，向四方蔓延……

这个隆冬，落雪或者为纪念。没有英雄的岁月，只要想起他们，我的骨头就隐隐地作痛！

圩堡情思

峥嵘岁月，你真的来过这里吗？

沧桑的城堡，别把我当作负担；破旧的柴门，别把我当作垃圾，石碾的苦难，点点滴滴，是凝重的岁月跌落的忧伤。一看见你，我就按捺不住一腔热血，我也有一颗红心，穿越万水千山，只为等着与你赴约一场，血与火永恒的盛会。

那些年、那些人、那些事情，穿透我日日夜夜的思念，如今，记得这段光辉岁月的人还能有几个？

我的秃笔，N年没有写诗，但是为了你我要尽情舒展胸怀，一亮歌喉，让音质饱满的嗓音，唤醒历史、催醒花开！

每个茶余饭后，呷一口幸福，这杯与水的情思，让我不敢怠慢。筑梦的路上，我期望：这一片希望的原野，青山常在、绿水常流，原生态花开的讯期，真诚到永远！

微型诗卷

三河三题

孙启放

古城垣

落日如坠。古战场。
每一个黄昏都有撕心裂肺的血色燃烧。

灯影里的三河水倏然变赤。昏厥。
剜不掉的记忆。古城楼收紧古城垣的筋骨
收紧,夜色中三条蜿蜒无定的疼痛。

三县桥

无需摆弄属地的是非。
三条河,三条穿过针眼的线

造桥的石足够青,守桥的石狮子足够美。
三县桥在这里结了个活扣

轻轻拉,打开三方灵秀的山水。

鹊渚廊桥

我惊讶于千年廊桥的着意半开放
竟然有叙述自由的冲动:
美人靠上娇无力的美人有策展美的自由;
马头墙势如奔马
甩开长长的柳丝鞭子有掠美的自由。

大美肥西（外一首）

王永华

一叶小舟轻泛
湖心润水春燕
小筑庭院杨柳筑
那是水美四季的肥西

亭台景园

清月的舞蹈萦绕
笔墨心间带来的唯美
情颂游人悠扬景象
洋溢着多少动人的歌声
随心的烂漫和邂逅的足迹

三河古镇（外一首）

梁 悦

一本被历史续写的老书
即使泛黄
却始终都很耐读

紫蓬山

近处的怪石嶙峋，远处的珍禽嬉戏
匍匐着的奇树、碧水
只是为了让您不虚此行

三河古镇（外一首）

谭清友

一入古镇我丢失了姓名
如深醉古朴的风情
我甘愿，在这里生根

花木城

唯有这里能四季留住春天
风景打包出售
请问，你买几斤

喝巢湖水长大的小姑娘

黄战果

喝巢湖水长大的小姑娘,
两条小辫子上扎着从紫蓬山采摘的鲜花,
一条小辫子挂着月亮,
一条小辫子挑起太阳,我分明看见,
她蹦蹦跳跳地奔跑着笑意中含着一个童话。

三河南街

李 青

青石板砌成潺潺小溪
风把两岸的红灯笼一一点亮
那一排排的老房子
如一条条满载岁月的木船
夜色里 静静卧在溪水边

旧　情

汪慧婷

他在万年禅寺下　诵经
她在李陵山麓中　望景
她走过他门前的香雾
他走过她身旁的绿树
念念不忘

巢 湖

李宏天

渔火闪烁如梦
近了又远
一船烟雨
不动声色地
打湿了思念

南岗油菜花(外一首)

刘伯生

倾尽世间所有黄金
也打造不出这一望无际的金黄

从芬芳到甜蜜的距离有多远
从花朵到蜂房的路就有多长

桃花镇的桃花

小小的花蕾　小小的粉拳
一阵春风吹来　那些粉拳渐次松开
摊成了一片片桃花掌
每一片掌心　都歇着几丝慵懒的阳光

一人巷

邹黎明

两面墙
把世界变小
小到
只能遇见你
还不会
失之交臂

紫蓬山

刘升华

松涛的音乐,灌满了耳朵
青山醉卧,涟漪千行,抒发时光的经典
鸟,可以在这里啄开花香
我立于孔雀松旁边,忽然碰到
擦亮的乡愁

刘铭传故居（外一首）

程东斌

一棵高大的广玉兰
擎着无数枚月亮
时光的花朵，都烙着
故乡的名字

三河古镇

一颗明珠，被三水缠绕、濯洗
古朴的砚，装满沧浪之墨
写不尽
一座镇的前世和今生

三河恋歌

周孟杰

大湖翻动古镇苍老的族谱
春光把花影一朵朵绣上
古街寂寞的衣襟

三河,波光聚拢初始你时模样
我胸口的跳动,如蝴蝶飞遍每条街巷

大雁湖(外一首)

曾竹花

在这里,我才知我拥有的时间和空间
仅为一瞬,如大雁湖的流水
这一刻和下一刻,虽有完整的骨架
但是,它们已带走不同的投影

仙人湖

只有在湖边你才能感到
天空已一无所有,在仙人湖这样的辽阔中
坠落,何尝不是一种安慰
"所有的浮华虚荣在这里被吞没,消弭在
黑暗的波涛中。"

白云寺

胡云昌

千年的香火,还没融化子瞻体内的积雪
一支瘦笔,暂时抛锚于一阕"大江东去"
笔尖上的惊涛,从未折腰
怀揣一轮孤月,一个人用文字凿出了一方巨砚
宣纸无言。白云寺曾留宿了一阕无处安身的宋词

小团山香草农庄

杨晓光

薰衣草盛开的季节,
最益在此流连。
品一品徽风欧韵,
赏一赏紫气蓝烟,
将满身香味,
融入梦的甘甜。

肥西的珍珠（三首）

李汉超

古镇三桥

搭乘快乐的小舟
荡漾在清澈的旧时光里
从桥洞轻轻划过
一不小心
你已逾越了千年

官亭丰祥农庄

你盛开在油菜花的中央
白的是岁月
青的是期盼
红的是生活
总是弥漫着醉人的芬芳

派　河

纯净得如同处子
谁也不忍心伤害她
北风不慎吹落的
一片枯叶
也会被白鹭叼走

小南河

你有涟漪
但不会有波浪
日月静静地流动
让你感觉不到
岁月在渐渐变老

刘老圩

这是一个精彩的故事
任风雨剥蚀
任尘雾覆盖
一位英雄的精神风范
永远凸现在人们的敬仰里

三河米饺(外一首)

何铜陵

鹅黄的月芽儿
勾起舌尖上的思念
母亲推动着爱
碾米成乳

小南河

剪不断的脐带
指引回家的路
摇一曲庐剧新韵
小船画中行

小井庄(组诗)

吴常青

小井庄

清光绪二年间的井够深
一百五十年的绳子够长
敢为天下先的父老乡亲够猛
小井庄,不朽的水,不老的纪念

三河古镇

我是赴京赶考的书生
逛古街、荡游船、听庐剧、品水豆腐
桥上的栏杆伸出手臂保护
否则我就迷失在水中
三个弯弯的月亮

紫蓬山

来紫蓬山的人
我允许你折一根树枝
像击打高尔夫球
击打鸟叫,虫鸣,花开
以及无数次体验捡球的快乐

万年街

屋檐下的红灯笼
照亮童年照亮老去的人们
屋檐下的燕子
在夜深人静、明月当空的时候
翻阅南来北往的背影

小团山之恋

吴先锋

香草的清香,
风情万种让你回味无穷。
一座山的传奇,
花为媒,草为伴。
系着海峡两岸情深。

书法丰乐河

钟志红

许是一对凤凰的美丽
捺在千百年的时空间
邀来一代代文人雅士
掬觥碎步、随风而舞的仕女
伸长撩人魂魄的半径

在肥西（组诗）

鹿伦琼

派　河

是故乡的思维
是母亲的血管
很快
你又要连接长江和淮河
肩负南水北调的重担

三　河

我是鸟，寻觅着最美的风景
你有小桥流水，你有城墙炮台
我要栖息在你的柳枝
看南来北往的客人品尝你的土菜
看杨翁书房前的栀子花开

四凉城

不想看三国的刀枪剑影硝烟弥漫
不想看倾国倾城的二乔泪流满面
断垣残壁如今是个美丽的惊叹
凄厉的马啸应该早就戛然而止
那一口口古井埋葬了多少苦难

紫蓬山

绿雾浩渺里露出西庐禅寺的飞檐翘壁
石径悠悠古木参天
艳阳洒下的碎影中飞舞着片片红叶
追逐了那摇晃的秋千
妩媚的笑脸

走读肥西（三首）

郝子华

紫蓬山

紫气东来蓬勃抬升
一路仙声弄影
或苦或甜
岁月都在山中

紫蓬山的姑娘

山披纱，水涌浪
一窗靓影都不见
万里月明，千里芬芳

丰乐河韵

蓝天碧水红花

一缕清风走在无涯的路上
而我们即使常驻
也不过是一位匆匆过客

圩 堡

赵永林

壕沟,重墙,深宅,圩河……
历史在这里设下道道迷宫,和重重机关
取胜于"不战而战",完备的防御体系
让一支军队,固若金汤,多少年过去
让潜入的时光,仍然心有余悸

三岗（外一首）

吴基军

三个臭皮匠赛个诸葛亮
三个绿海里的山岗，却可以
幻发出盈满花香的五彩
灰瓦粉墙，更在翘角画栋里
引来水天一色的秀江南

花木城

或许，是因有一座城的繁华
或许，是因有一方山水的肥沃
又或许，是因有三岗的五彩
花和木，在这里汇聚，在这里绽放
而一颗芳香的心，早已飞遍九州大地

三河古镇（组诗）

张亚林

一人巷

谦谦春风，将身一侧
礼让丁香姑娘，或一袭青衫的书生
一人巷，一页幽深的阅历
你走进去，步步是探访
我折回身，步步在追忆

望月阁

头顶之上，朗月在天
清辉之下，心清如水
三河人知书达理：
得建一座亭亭的楼阁
好藏一派冰清的向往

万年台

杭埠河、丰乐河、小南河,琴弦驿动
水袖一抛,随风去,三千烦恼
情深腔圆时
秋雨演春风

肥西辞（组诗）

顾胜利

刘老圩

踏歌行：三分色，七分意
生身雕刻，不如情怀流传
圩，像号角在眉湾坐起

刀兵粮草是今生的背影
长鞭饮着马蹄回音，一朵花就是一座城

丽景湖

燕翅轻磨一下，水就醒了
而流云出自远处，湖心附和，倒影成辞
素手拨弄剑胆琴心

说着说着，你嗔怒转身

丢给我一个结结实实圣洁的诺

万年街

火烛隐约,谁在夜沽兰亭?
暗香结庐,从此耄耋
或南或北,徒步时能否邂逅红尘的余温?

一抹桃红柳绿就够了
拾径而来,是雨意铺陈的眼眸

刘铭传故居（外一首）

孙淑娥

一家人围坐在你身边
是祖国
想你在台湾的那些事
我们怎么看 这座大宅院
都是一颗未解冻的心

三河古镇

铁 疾撞的铁 巨大又散发力气的铁
深入往昔

巨铁的风 刮过
明月、山郭、麦田和乌瓦粉墙
坚持并洋溢着独立的色泽、风格

三河古镇的爱恋(外一首)

闫宏伟

就如在三河古镇转身初见的那一刻
我便知道你是我今世爱如初恋的印记
远眺古镇青砖小巷的四时明媚,我愿为你落笔五行情书

纵然天寒地冻
因为有你即使轮回三世也是春暖花开

香草农庄里的白羊

也许以后遇见从香草农庄里跑出来的一只白羊
便会问一句肥西春天的牧场以及小团山的红墙
是否还是原来那个垂钓,观星的模样
那出嫁的姑娘,还会不会收到一个月亮下的心慌
以及一处香草农庄的勿忘

故土难离（外一首）

海 心

乡愁一天天见长，华发丛生再也染不黑
岸上垂柳依依，如烟时回到故乡
在三河古镇寻找挂着自己姓氏的八角灯笼
最终在小南河的水底看见了自己的前世——那条红色的鱼儿
追逐半世的梦想，终于圆满。

紫蓬山

东来的紫气，带着圣洁祥瑞的光
笼罩着隐于尘世的蓬莱仙境，三百多棵麻栎树
诗意地生长，蓬蓬然勃勃然而汪洋肆意
仿佛千万支手臂努力挣脱土地的束缚
山顶西庐寺的大悲咒打开了心锁，渐渐彻悟